有人喊 ENCORE，
我便心满意足

李文俊 著

四川文艺出版社

图书在版编目（CIP）数据

有人喊 encore，我便心满意足 / 李文俊著. —成都：四川文艺出版社，2016.9
ISBN 978-7-5411-4416-5

Ⅰ.①有… Ⅱ.①李… Ⅲ.①中国文学-当代文学-作品综合集 Ⅳ.①I217.2

中国版本图书馆 CIP 数据核字（2016）第 200226 号

YOUREN HAN encore, WOBIAN XINMANYIZU

有人喊 encore，我便心满意足

李文俊 著

责任编辑	金炀淏　周轶
封面设计	叶茂
版式设计	史小燕
责任校对	汪平
责任印制	崔娜

出版发行	四川文艺出版社（成都市槐树街 2 号）
网　址	www.scwys.com
电　话	028-86259287（发行部）　028-86259303（编辑部）
传　真	028-86259306
邮购地址	成都市槐树街 2 号四川文艺出版社邮购部　610031
排　版	四川胜翔数码印务设计有限公司
印　刷	成都蜀通印务有限责任公司
成品尺寸	146mm×210mm　1/32
印　张	8　字　数　180 千
版　次	2017 年 4 月第一版　印　次　2017 年 4 月第一次印刷
书　号	ISBN 978-7-5411-4416-5
定　价	36.00 元

版权所有·侵权必究。如有质量问题，请与出版社联系更换。028-86259301

目录

_译 事

译人自语　3

做了一件小事　7

声音、喧嚣与喧哗　9

真正的麦科伊　11

拊掌话旧译　13

一个人的加拿大文学之旅　16

演绎海明威　19

能不忆巴黎？　26

小议译诗　32

不可能有最佳方案
　　——致《书城》编辑部的信　35

译人的喜悦　36

一页告贷信　38

译伍迪·艾伦的《拒收》 41

她 们

爱屋及乌或爱乌及屋 45

艾丽丝·门罗在中国 59

我译《伤心咖啡馆之歌》 62

理解张爱玲 66

杨绛先生的"解放" 67

余音绕梁谱新曲
　　——关于杨绛先生的二三事 69

百遍思君绕室行
　　——追忆钱锺书、杨绛夫妇六十年往事 73

寻访露西·莫德·蒙哥马利 81

雪女王的警世通言 99

他 们

君匋师的"麻栗子" 109

我所知道的萧乾
　　——A Parody 112

听余光中讲笑话 120

同伙记趣 122

悼和森 126

想起汝龙先生 128

忆徐迟先生　132

各有稻粱谋　136

"钢琴！钢琴！"　140

天末怀咸荣　143

不沉的绿叶
——追思袁可嘉先生　146

悲　悼
——追忆傅惟慈　153

_ 也说福克纳

《喧哗与骚动》译余断想　159

福克纳与中国　171

福克纳与邮票　174

海明威与福克纳眼中的对方　177

从名家怀旧说起　190

"有史以来最好的美国小说"　193

关于《福克纳随笔》的随笔　199

_ 有人喊 encore，我便心满意足

故乡水　205

艰难前进　208

从未出过那么多汗　213

爱玛，这就是我！　215

生日礼物 220

收藏者的自白 223

真假古董 227

家有真品 230

我的八十大寿 232

一次后滚翻和一次前滚翻 236

我这一辈子 239

有人喊"encore",我便心满意足 247

| 译 事 |

译人自语

有位朋友读翻译文学读出味道，爱屋及乌，希望翻译人谈谈翻译的事。这就是这篇文章产生的缘由。

不少翻译家都自比为演奏家或是演员。就诠解原作而言，这样的类比是说得过去的，但二者之间也有很大差别。演员生活在水银灯下喝彩声中，而翻译家除极罕见的例外总是寂寞的。没有人对翻译家的长相感兴趣。在街道上大院里，他或她仅仅是又一个出来取牛奶拿报纸的老头老太太。除了偶尔有个编辑向他催稿，他不会收到太多来信与电话。再说，他还有不少"天敌"。原作出版社怀疑他侵犯了版权。原作者不相信他能曲尽其妙地传达出自己的风格，尤其是那些暗自得意的神来之笔。外语系的学生不作兴抱着译本进教室，老师要责怪，而且也丢份——他得躲在蚊帐里才读译本。其实老师也看，从他们写的翻译批评文章里可以看出来。总之，有身份的人大都只读原著不看翻译，倘若只懂一种外语，那也宁愿通过外语看外国翻译。一位朱诺（古罗马神话中的女主神）般威风凛凛的女士就曾问我："老实说，你读翻译作品吗？"我原是在翻译书堆里混大的，但是对着离我鼻子不远的那根手指，我也只能嗫嚅支吾了。听说作家中流传着一种说法：你所领略到的某位大师的风格其实仅仅是某个译者的风格。他们感到自己受了愚弄。这未免抬举了翻译家，他们哪有那么大能耐！翻译界同行之间应该有共同语言了吧。但是事实上也难以倾心交流。一般情况下,是你干你的,他干他的。不像医生或律师,有都共同感兴趣的病案或是罪案可资谈助。这话是诗人 W. H. 奥登说的。一首诗、一篇散文本身就是一个世界,别人不译也就是进不去这个世界。倘若他也译了那就是复译,这又是冤家路窄了。好像是任谁都自我感觉良好。自我欣赏的文章没人要看,自我欣赏的话连自己的太太都不爱听。翻译家连发泄感情的机会都很少。所以我说,翻译家是寂寞的。

另外,翻译方面的是是非非也难以说清。文学翻译不是科学,没有数据可作准绳。直到今天还有人赞赏新中国成立前好莱坞片名式的译法,如《魂归离恨天》(即《呼啸山庄》),如《此情可待》(原文"Right here waiting"本是直截了当的大白话,与李商隐的"已惘然"情趣相去可谓十万八千里!)。他喜欢有他的自由,你至多也只能说一句"夫复何言"。有人专愿朝是非圈里钻,那也是萝卜青菜,各有所爱。我也许因为身体不好,属于胆小怕事的一族。如果我订了一份报经常得为收不到而烦恼,每过几天都得花半小时去侦察寻访,那我干脆下一季度不订,哪怕此报编得再好。我译福克纳也是出于同样的心理,全然不是为匡世救人。前些年福克纳的书没有人译,原因我想是译他一千字可以译别人的三五千字,亦即经济效益太差。当时还无版权问题。挑中他最主要的原因还是因为全世界的南方人脾气都有点相通——果然,过后不久,便有人提倡"南南合作"了。此外我还喜欢福克纳的落落寡合,他的矜持,他孤独礁石般地不理会潮流。而且,在我看来,写大家庭没落的悲哀也比表现成功者的发迹或情场得意更具美学价值——某位理论家说过悲剧更伟大这类的话,记不清是谁了。何况,那些世家子弟的反省也远比日本政客一年又一年挂在口头上的要深刻得多。

就这样,先译了一部《喧哗与骚动》。接着译了《我弥留之际》。那是另一类型的作品,那"盲人在他的命运与他的责任之间摸索着前进"(加缪语)的命题让我玩味了多时。去年又译完《去吧,摩西》,过去出版的《熊》是其中的一篇。今年春节后,在客观上的障碍和主观上的有意踟蹰逡巡消除后,终于开始译最艰深的那本《押沙龙,押沙龙!》。法国有位名叫莫理斯·库安德罗的翻译家,他译过多部福克纳作品,法国掀起的"福克纳热"与他不无关系。我听美国的一位福克纳研究者说,库安德罗曾表示,他平生最后悔的就是没有把《押沙龙,押沙龙!》译出来。说这话时,库安德罗已译不动这部书了。故事中那种美人迟暮、烈士晚年的悲哀打动了我。

译此书是件苦事。每天仅得数百言。两三个小时过后,那剪不断理还乱的长句便让人掷笔兴叹。一天剩下的时间只能去做轻松些的事,如买买菜,听听CD,翻翻画册。现在天气渐热,可以游泳了。于是每天下午在汩汩的水声中松弛神经。好在还无须为生计奔波。父母前些年先后去世,刚出道的孩子收入已快赶上他母亲和我,况且还有些稿费收入。偶尔在书摊上发现某篇旧译给收入集子,写信去乞讨,多少能赏给几文。武汉有家出版社需出具身份证复印件并呈交机关人事部门证明后才敢松手汇款。这些人(看来是几个承包此书的尚未毕业的研究生)的警惕性果然不凡。

再说几个月前又获得一种"中美文学交流奖"。钱不算多,但还不是象征性的。我深知这是文学界对我赏脸——此话是从锺书先生处学得的。那年他主持中外文学比较研讨会,在京西宾馆,见我去他说了句:"谢谢赏脸。"那天他穿一套素净的中山服。穿制服能显得如此儒雅这倒是我想象不到的。

(1995年5月)

做了一件小事

我收到过某地农村一位读者的来信,劝我辞去工作,专事福克纳作品的翻译。他信里说,若干年后,又有谁知道"你老"(这是原话)是××刊物的主编呢?

我何尝不想多做些有"长久价值"的工作。但是,这位老弟准以为中国译者的稿费可以与海明威不相上下,而且先不说工资、养老、劳保、住房这些"硬道理",光是几十年的人事与人情关系也不是那么容易摆脱的。不过只要可能,我还是尽可能回到"福学"的田地上来耕耘。去年下半年,我就用了几个月的业余时间,把《喧哗与骚动》译稿重新校改了一遍。之所以要这样做,是因为美国出版了《喧哗与骚动》原作的校勘本。校勘者是美国福学专家、南密西西比大学教授诺埃尔·波尔克。据他为1987年该书诺顿版所写的《编者札记》里说,他是拿福克纳的亲笔手写稿、复写纸本打字稿(均藏于弗吉尼亚大学的奥尔德曼图书馆)与1929年"开普与史密斯"公司的初版本作比较,"殚精竭虑使一个与福克纳'最终意图'相符的版本得以出现"。但是他承认,这也只是尽可能而为之,因为当初编辑改动稿子与校改清样的资料均已不存,因此无法得知出版时的改动哪些是出于福克纳的原意,哪些则是出版社编辑的擅自改动,或者是"手民"的误植。波尔克说,除非有极具说服力的理由,他一般都以复写纸打字稿作为依据。波尔克还开列了两个表格,以显示他们做的较重要的"改动"。

我研究了一下他的"改动"(其实应该说是"恢复"),觉得都是很有道理的。其中大部分看来是原出版社编辑改动的地方都是因为对福克纳的创作意图与艺术手法缺乏理解与尊重。具体例子就不在这里一一列举了。

我做完这件事后,感到十分满意。这样,就不至于把像舒伯特那样一份"未完成"的作业交给世人了。至少,这一项工作算是"功德圆满"了。我相信以后也不见得会再改了。

修改后的译稿已交浙江文艺出版社,估计今年年内,将与《熊》(译稿也稍有改动)合在一起,作为《外国文学名著精品》丛书第二批中的一本,与读者见面。

声音、喧器与喧哗

《文汇读书周报》发表过谢德辉先生一篇叫《玩笑、喧哗与假面具》的文章，内中将福克纳与维特根斯坦合论，使我对福克纳的认识深了一层。文中提到拙译书名前后不同，此事只有我比较清楚，不得不"跳出来"解释几句。

福克纳的小说 The Sound and the Fury，我最初沿袭袁可嘉先生 20 世纪 60 年代所写论文中的译法，用的是《喧器与骚动》。后来我发现五个字里有三个是"X"或"S"音打头，念起来沙啦沙啦的，似是含了一口沙子。经查朱生豪先生所译《麦克白》（小说名典出此剧，但是福克纳加了两个冠词），原来亦非"喧器"，而是"喧哗"。朱先生之所以这样，想必是求平仄上错落有致，有起有伏。我觉得有道理，所以此后就一直用"喧哗"。

那么，为什么在《大百科·外国文学卷》我写的词条里又用了《声音和疯狂》呢？那是因为大百科这方面的工作是在杨周翰先生领导下进行的。记得有一次在北京大学开编委会审定词条，杨先生对《喧哗与骚动》译名提出意见。他主张翻译宜朴素，切忌花哨。而且他认为在《麦克白》那句"full of sound and fury"里，后面那个名词其实起的是形容词的作用。这是一种修辞方式，连起来真正的意思即是"full of furious sound"。但是真的这么译，又未免离原文太远，成了一种 paraphrase（释义）。因此，他认为还是老老实实，径译为"声音和疯狂"好。

杨先生是我素来敬重的前辈，他是莎士比亚专家，又是《大百科》这方面的负责人，我当然乐于遵从他的意见，所以就照做了。

可是会散后，我与卞之琳先生、董衡巽先生坐外文所的小车回城时，卞先生沉吟了片刻后说，他倒认为作为书名，还是译成"喧哗与骚动"好。当时我跌脚（当然是借喻，小轿车里无法跌脚）道："您怎么不早说！"不过我想卞先生也准是经过了一番考虑，到这时才做出他的判断的。

因此，在《大百科》里用的是《声音与疯狂》，而在别的地方则是《喧哗与骚动》。近年来，人们在文章中常常将这两个名词连用，表示一种最疯狂的状态，似乎已成为一个新成语了。

去年第二期的《中国翻译》上有一篇文章评论拙译，书名仍用《喧嚣与骚动》，想来文章作者仍有不同的看法。

一本书的译名也居然包蕴好些故事。语言语言，真是妙不可言。

真正的麦科伊

前些时候去参加中国译协举办的新春茶话会。会上，资深编辑爱泼斯坦作了一个简短的发言。他说，他自己没有直接从事过翻译，但他常常为中译英的译文定稿。他觉得翻译是一桩重要的工作，里面学问很大，他举了一个例子。一次在审稿时，他看到文章中一个中国老农竟说出一句这样的英语："This is the real McCoy!"，使他大为吃惊。他马上判定，中国译者是不会写出这个句子的，问题准是出在改稿的美国专家那里。

我以前看书，也遇到过这个俚语，大致的意思是懂的，但到底是什么意思，出处为何，却不清楚。散会回家便查了辞典。几种书里都是这样说的：McCoy（亦拼作 McKoy）是苏格兰格拉斯哥市 A & M MacKay 公司出的一种威士忌的牌子，质量很高，远销美国、加拿大。在美、加的苏格兰商人喝到这种酒时，总要跷起大拇指，说一声"这才是真正的麦科伊呢！"以后，这个词便生发开去，泛指一切高品质的威士忌、人和东西。但是，19世纪末，美国出了一个拳击好手，名字叫 Kid McCoy。这一来，人们头脑里对这个词便有了两个形象，不免有所混淆。但不管怎样，总是指"真品"或"可以信赖的人"的意思。中国老农讲一句"This is the real thing!"也就满可以了，不必再玩什么花样。倘若我们译美国小说，让时髦靓女说出句"这是真正的王致和哪！"，读者会有什么感觉？怕是要大起鸡皮疙瘩吧。

在林琴南的时代,许多说法中文里没有,不得不朝已经定型的观念上靠。到今天,大可不必了。看张爱玲的散文,里面提到《苏三不要哭》,你总会想到《玉堂春》。其实那是斯蒂芬·福斯特 1845 年作的一首歌《哦,苏珊娜》。美国的 *New Yorker* 杂志,以前有人译成《纽约客》,以为谐音,很妙。其实那家刊物很严肃,一点儿不油。20 世纪 50 年代,朱光潜先生上一堂翻译课时发了点脾气,因为有位学生做作业,把人名 small-wood 译成"四毛五"。我们的翻译界几十年来循着规范化道路前进,对译名已摸索出一套较科学的做法。但近年来台港风一刮,又有些混乱。比如那家快餐店,总让人联想起杨白劳。想必是那位起名字的女士(或先生)发嗲咬舌头,以致 l、n 不分。再说,我们现在都说吃汉堡包,但据一位汉堡人告诉我,他们那里根本没有这种"包"。可见咱们自己译东西时,要老老实实,规规矩矩,千万别让《红与黑》里的德·瑞纳夫人学林黛玉一样,也"魂归离恨天"哟。

(1996 年 3 月)

拊掌话旧译

我是不大喜欢重译别人译过的东西的。英美名诗大抵已有不错的译文，所以我的译诗以加拿大、澳大利亚作品居多。唯一重译的小说则是欧·亨利的《警察与赞美诗》，那是应金子信先生的邀约翻译的。当时他在编《外国短篇小说》，因未能按当时规定获得原译者所在单位出具的证明，只得让我重译。那是在1978年，多年未工作谁都手痒。要是搁在今天，这篇重译便不会出现。我后来见到原译者（也是老朋友），向他解释。他淡淡一笑，说没有关系，他见过大风大浪，这点小事对他来说根本不值一提。

多年后，小儿进了高中。有一天我见他对着一本教科书窃笑。这可是难得的事。走过去一看，原来是在看高中《语文》第五册中所收的《警察与赞美诗》。教科书不知为什么照例不写明译者姓名。但那译文显然是我的，而且有说明出处的注"选自《外国短篇小说》（上海文艺出版社出版）下册"为证。我拿过来读了一遍，觉得译文好像还过得去。拙译被收入中学课本，得以亲近千百万小朋友，使他们在苦读之余能享受几小时的愉悦。这对我来说比拿到什么大奖都要开心。

欧·亨利虽是通俗作家，但文字并不浅显畅达，有的地方还挺曲里拐弯。在他看来，一个意思绕上几个弯说出来才算是幽默——应当承认这也是一种手法。原文匠心处，译时也费了我不少心机。何况前面已有一份相当不错的译文，要做到有所不同（不敢说超过）像是走狭路又不能踩别人的脚印，真是颇费踌躇。记得我为了证明自己没有抄袭，投入的气力比用在译一篇新作品上的还要多。不妨举几个例子：

小说中写到苏比要去的一家小餐馆，说："Its crockery and atmosphere were thick; its soup and napery thin."我为了让两个形容词能照顾到两个名词，斟酌了半天，译成："它那儿的盘盏和气氛都粗里粗气，它那儿的菜汤和餐巾都稀得透光。"小说中表明苏比不名一文，说："the minutest coin and himself were strangers"。原译"他一个子儿都没有"，平淡了些，我译成"他无缘结识钱大爷，钱大爷也与他素昧平生"。这样采取古典白话小说里的表达方法，是否恰当，会不会过火，自己也没有把握。又如原文形容某时髦处所，一连用了四个"lightest"。原译是："最明亮的街道，最愉快的心情，最轻率的盟誓和最轻松的歌声"。我在其基础上作了一些改动："最轻佻的灯光，最轻松的心灵，最轻率的盟誓，最轻快的歌剧"。不知是否跟随原文更紧密一些？当然，我不如原译的地方一定很多。

我深夜伏案时的"苦心孤诣"居然被教科书细心的编者察觉到。因为在课文后面的"思考和练习"里有这么一段：

四、阅读下面这段话，回答括号中的问题：

街对面有家不怎么起眼的饭馆。它投合胃口大钱包小的吃客。(他们是些什么人？作者为什么这样说？)它那儿的盘盏和气氛都粗里粗气，它那儿的菜汤和餐巾都稀得透光。(加点的两个词语在句中的含义各是什么？)苏比挪动他那双暴露身份的皮鞋和泄露真相的裤子（为什么不说"旧裤子和破皮鞋"?）跨进饭馆时倒没遭到白眼。（"白眼"是什么意思？你能找到这一典故的来源吗？）他在桌子旁坐下来，消受了（为什么不说"吃了"?）一块牛排、一份煎饼、一份油炸糖圈，以及一份馅儿饼。吃完后他向侍者坦白：（他为什么要坦白？）他无缘结识钱大爷，钱大爷也与他素昧平生。（这句话是什么意思？这样说有什么好处？）

一个译者能遇到这样的细心对待，即使不让署名，得不到一文稿费，也该心满意足了。

（1992年6月）

一个人的加拿大文学之旅

由于几年前北京的一家出版公司出了我译的一本加拿大女作家的小说集《逃离》，而作者艾丽丝·门罗又恰好获得了2013年的诺贝尔文学奖，于是，我这个病弱多年的散淡之人又蒙众媒体"重新挖掘"，很是火了一把。他们联系不上门罗本人，只好退而求其次，从她的中文译者那里尽量搜求一些讯息了。当时大陆只有一种门罗译本，亦即拙译的那本。于是连本人从未有幸归去过的老家广东中山市，居然也派了两位女士，专程飞来北京鄙处采访。有几天，家中电话不断，使我刚端起饭碗又不得不放下。出版《逃离》的那家公司自然不会错过商机，于是这本书便被多次重印，据说几天之内便印了七十万册。街头书摊上甚至还出现了盗印本。至于我所得到的重印稿酬则是微乎其微，完全不值一提的了。我很清楚这把喧腾的火并非因我而起，完全不值得我这颗病弱的心脏为之激动。好在果如我之所料，未过多久，这股浪潮便自然趋于平静了。

事后遇到友人，都夸奖我眼光敏锐，竟能赶在门罗荣获诺贝尔奖之前便相中她了。老实说，我在译此书之前还真的读过门罗的不少书，也真的很喜欢。2011年我编了一本《英语中篇小说精选读本》，里面便收有她的一篇《一个善良女子的爱》，并在"作者简介"里赞赏说："她的作品用诗意文字娓娓道来，从容不迫。以农村与小城镇为背景，似乎一切都平静安详，实际上也同样充满冲突与危机。她对现代女性分析得丝丝入扣。"我亦曾从门对面旧书摊上淘到一本门罗 2001 年出版的《憎恨、友谊、求爱、爱情、婚姻》，从中选译了那篇《熊从山那边来》，发表在《世界文学》上。而且也从网上看过根据小说摄制的入围奥斯卡奖的影片 *Away from Her*（港台译作《柳暗花明》）。也许是前几十年译福克纳的纠结长句译怕了，我真的是很喜欢浸沉在门罗那种老太太絮絮叨叨聊家常的叙事风格里呢。翻译她的作品时我一点都不觉得累。

至于我为什么比较注意加拿大文学，也不是没有原因的。小时候，在上海念中学时，便曾见到龙门书局影印的原文书 *Anne of Green Gables*（中译为《绿山墙的安妮》）。后来在《译文》月刊做助理编辑时也经手发过斯蒂芬·里柯克的幽默小品。20 世纪 80 年代初，大陆知识界曾一窝蜂对美国现代文学趋之若鹜，自认为够资格的各路诸侯莫不想争个美国什么学会的理事当当。外文所已经在美国文学学会占了两个理事的席位。我势单力薄，哪里能挤进这辆小专列。正当此时，有位朋友起念筹备成立加拿大研究会，又想拉上我这社科院的人"以壮行色"。我陪他上曾任驻加大使的宦乡先生府上去拜见了前辈，算是得到了他老人家的首肯与支持。过了几个月我便稀里糊涂地当上了这个研究会的"副会长"（当了两届赶紧辞职），并因此得到机会去加拿大访问了几次。记得第一次是 1979 年，接待单位是多伦多大学某学院的英语系。我在多伦多待了三个月——主要时光都是在那座罗勃茨图书馆里度过的。深秋时节，时近黄昏，我眼睛看书看酸了，便穿过阒寂无声的九层藏书阅览室的狭长窗子俯瞰，只见远处亮起了"Joyeux Noel/Merry christmas"的双语霓虹灯。心想自己也该回家了。第二次赴加是在 1986 年，接待单位是约克大学某学院英语系。这一次用的是编译一本加拿大现代诗选的名义。想不到所接洽的中国出版社以译诗卖不动为由，只允许出一本薄薄的小书（责任编辑倒是译诗大家方平先生，他还替我为此书起了《比眼泪更美》这一富有诗意的名字）。第三次赴加已是1989年了。我报的题目是去探访著名儿童文学作家露西·莫德·蒙哥马利的故乡兼撰文介绍其代表作《绿山墙的安妮》。我开完一个加拿大研究会的年会后便一路从蒙特利尔赶去哈利法克斯，再由那里搭乘轮渡抵达地近边陲海角的爱德华王子岛。归国前又在温哥华朋友家滞留了几天。当时国内情况有些乱，不少人都巴不得趁机找个由头留在海外，而我因舍不得抛开事业与妻儿，还是买棹东归。临行前我对接待我的加方 Daphne 女士说：浪大风急时，作为一艘船的船长，我绝对是应该在场的。当时我恰好是一家刊物的负责人，理应回去承担责任。加方人士听了我的说辞倒也表示很能理解。回国多年来，我始终忘不掉加拿大人民不论天气晴阴一贯对一个普通中国人的友好感情。所以，当有人约我译一位加拿大女作家的书时，我便高高兴兴地接收了下来，工作时始终兴致勃勃，稿费多点少点都无所谓。这本书就是比我小一岁的女作家艾丽丝·门罗出版于2004年的短篇小说集《逃离》（*Runaway*）。门罗因为有病无法赴欧领奖而是由她的女儿代领。会上一般都应由得奖人发表领奖演说，这一次却播放了一部关于门罗谈创作的视频。我应《世界文学》之约将其录音译出，发表在该刊2014年的第二期上。

  综上所述，也算得上是交代我这个外国文学的爱好者与终身从事者和加拿大文学的一段因缘。敷衍成篇，聊博读者一粲。能得以在一家加拿大华人报纸办得有声有色的副刊上发表，便可以算是我的莫大荣幸了。

演绎海明威

细细想来,去年我之所以答应翻译海明威这篇《老人与海》,恐怕多少含有一些个人感情的因素。我总觉得这篇作品与我有些因缘,这话让人听着可能觉得癫狂可笑。回想我最初读到 The Old Man and the Sea 的原文还是在 1956 年,是从它最初发表的 1952 年 5 月 6 日出版的那期美国 LIFE(《生活》)杂志上读到的。当时我参加工作不久,在《译文》编辑部当差打杂。苏联刮起的"解冻"之风的末梢也扫到了我所在的单位,懂俄文的编辑见到苏联的《外国文学》杂志译载了这篇作品,于是便有人萌生了一个当时来说算是很大胆的想法:是不是也可以在自己的刊物上介绍海明威的这篇作品呢?由于当时单位的图书室未订《生活》画报,又听说人民出版社资料室有,便托人把那一期杂志借来。在几个人传阅过原作(有萧乾、朱海观和我),领导听取汇报与研究之后,便决定用,并交资深编辑朱海观翻译。我记得海观还请了几个月的"创作假",用心译出,而被指定做责任编辑的也即是我。这篇作品是在《译文》1956 年第 12 期上发表的。出版后反应不错,在我国创作界与文学爱好者中受到赞赏。也许是因为我从此对海明威有了深刻印象,在 20 世纪 70 年代末,当他的作品有可能广泛介绍后,我便与上海译文出版社接洽翻译他的长篇小说《丧钟为谁而鸣》。然而经过试译、出版社对译文质量审查并通过,双方签订合同,我正式开始翻译之后,又因为周扬(电影学院院长也曾是他所兼任的难以数清的职务中的一项）向出版社转去电影学院一位错划为右派的前学生的译稿而被打断（译文出版社后来出版的即是经过校改的这份译本）。我的书虽未译成，但我对译海明威的作品的印象，却始终萦绕于心。

岁月匆匆，海明威逝世五十周年亦将来临，他的版权亦会不成问题了。一家出过我译作的出版社有意出几本海明威的作品，包括《老人与海》，以资纪念，于是便想起了我。海观先生是我非常尊敬的前辈。在他以后还曾出现过这部作品的几种中译，应该说它们都很不错，照说我是不应该再登场献丑的了。但是我这人每逢读到心爱并认为自己还有能力翻译的佳作便会手痒，何况是一篇与我有过些关系的作品呢。所以在考虑之后便接受了下来，心想，既然一首名曲可以由众多不同的音乐家演奏，一篇文学作品又何尝不可由不同的译者加以演绎，进行他自己的"二度创作"呢？几个月的翻译工作固然耗去自己不少心力，但我也因有机会于文字的丛林中策马挥刀，在精神上获得满足。我觉得自己更像是一位步履蹒跚的老者，于暮年病后岁末黄昏时，独自通过一道狭窄的后门进入一座空旷的哥特式大教堂，艰难地登上弯弯曲曲的木头扶梯，爬到高处，在一个特殊的座椅上坐下，开始虔诚地按响一座大管风琴的琴键。在经历了一场理解、共鸣与表达技巧上的艰苦搏斗之后，我终于奏成了像约翰·塞巴斯蒂安·巴赫的《d小调托卡塔与赋格》（BWV 565）那样的一首赋格曲。在按完那最后余音袅袅的一个音符后，我真是心潮难平啊。琴艺工拙姑且不计，是否有个别听众在听，他或是她是否欣赏，那都与我无干。反正这神圣的琴音已使我自己在心灵上受到了一次洗礼。我感到海明威的这篇可以定名为《观沧海》的"大海赋"，与巴赫的那首力作一样，具有同样的恢宏、庄严与力度，足以震颤与净化人的灵魂。巧的是，在曲式结构上，《老人与海》居然也很像是一首赋格。请看：一、"老人"主题（第一声部）出现；二、"老人"声部与"孩子"声部对话；三、"老人"声部与"大海"声部对话；四、"老人"声部与"大鱼"声部一而再地对话（高潮）；五、"老人"声部与"鲨鱼"声部的几次对话（第二高潮）；六、"老人"声部再次与"大海"声部对话（渐平静），再次与"孩子"对话；终曲，呈示部完整再现（平静）。

　　似乎还未有人把海明威与巴赫相提并论。贝多芬倒是说过："巴赫不是小溪，而是大海。"（在德语中，Bach 的本意正是"小溪"。）有了二百多年前贝多芬的这句话，写海的海明威还真是能与像海的巴赫接通关系的，至少，他们两人的作品在气魄上有共通之处。我无意在这里乱攀关系以抬高自己所翻译的作家与作品，它们无此需要。美国著名的艺术评论家伯纳德·贝伦森在谈海明威和他的这部作品时倒也曾提到一位具有伟大气魄的作家，那就是古希腊的荷马。贝伦森读了《老人与海》，很欣赏，便给海明威去信，向他祝贺。海明威回信，希望他能写上几句话，好让出版社用在书的封套上。贝伦森便写了下面这样的一段话：

> 　　《老人与海》是一首田园乐曲，大海就是大海，不是拜伦式的，不是梅尔维尔式的，好比出自荷马的手笔；行文像荷马史诗一样平静，令人佩服。真正的艺术家既不象征化，也不寓言化——海明威是一位真正的艺术家。但是任何一部真正的艺术作品都散发出象征和寓言的意味。这一部短小但并不渺小的杰作也是如此。

海明威是在 1935 年做记者时，听一个古巴老渔夫讲自己捕到的鱼怎样被鲨鱼吃掉的。1936 年，海明威将这件事写入一篇通讯，交《老爷》杂志发表。此后他便总想以此事为基础，好好地写一部小说。在经历了第二次世界大战与在古巴海边长期生活之后，他终于在 1951 年，用八周时间，写成了《老人与海》，先是在 1952 年 5 月 6 日的《生活》杂志上发表，得到好评，紧接着又出书并被改摄成电影。海明威因此书获得 1953 年的普利策奖，又在 1954 年主要因此书而获得诺贝尔文学奖。瑞典文学院的常务秘书安德斯·奥斯特林在颁奖时所念的授奖词中还特别提到，说海明威得此殊荣，是为了表彰"他精通现代叙事艺术，这突出地表现在他的近作《老人与海》之中"，还说在这部作品中，"他的艺术风格达到极致。《老人与海》正是体现他这种叙事技巧的典范。这篇故事讲一个年迈的古巴渔夫在大西洋里和一条大鱼搏斗，给人以难忘的印象。作家在一篇渔猎故事的框架中，生动地展现出人的命运。它是对一种即使一无所获仍旧不屈不挠的奋斗精神的讴歌，是对不畏艰险、不惧失败的那种道义胜利的讴歌。故事富有戏剧性的情节在我们眼前渐渐展开，一个个富有活力的细节积累起来，产生了一种震撼人心的力量。'人生来不是为了被打败的'，'一个人可以被消灭，却不能被打败'"。这位常务秘书在这里倒没有说官话套话，却是言简意赅地概括了《老人与海》的主要内容与意旨，值得抄录在此供读者参考。译者边译作品边体会到：这也许就是一则写人的普遍命运的哲理性寓言，人生在世，必定会受到挫折与苦难，经过奋斗，总会不无收获，得到愉悦、满足和友情，但最终还必然得走向失败与死亡。不过总的来说，在整体上，人类还是在朝前蹒跚行进。

海明威晚年因在非洲打猎时所乘飞机多次出事，伤痛久治不愈，极端痛苦，兼加丧失了创作能力（朋友马尔康姆·考利曾见到他在桌前站上半天，却连一个句子都写不出来），得了严重的抑郁症，终于在 1961 年 7 月 2 日清晨，将一支打霰弹的镶嵌了银饰的猎枪的枪口对准自己口腔，以大脚拇指扣动双膛的两个扳机，自杀身亡（猎枪很长，只有一位老资格猎手才懂得要扣动扳机以这种姿势最为合宜）。他是不是以这种方式最后一次证明"一个人可以被消灭"呢？而且此时，他该写的作品都已写出，基本上完成了他的人生使命，面临死神，他丝毫不畏惧，所以也能算是"没有被打败"吧。海明威在他的《丧钟为谁而鸣》篇前引用过英国玄学派诗人约翰·多恩的布道词："谁都不是一座岛屿，自成一体。"足见他对多恩的作品是熟悉的。而多恩最著名的诗歌之一《致死神》，一开首便直说："死神，你休得张狂，尽管有人说你/何等强大，何等可怕，你并非这样；/……我们最俊秀的人随你去得越早，/便越早能获得筋骨的安息，心灵的解放。……/睡了一小觉之后，我们便永远觉醒，/再也不会有死亡，而死神你也将陨丧。"对于海明威自己有没有被打败这一诡谲的命题，大家都不愿去深究。人都死了，再去揭其伤疤，未免有失忠厚。反正凡人必死，拉丁谚语里说："Mors OmnibuS CommuniS."（死亡对谁都一视同仁。）海明威结束自己生命的方式还是很有惊悚力与震撼力的，怎么说他也能算得上是一条汉子了吧。

岁月匆匆，海明威去世将届半个世纪。在他死后，美国文学又有了新的发展。但是在 21 世纪过了十年之后，再来回顾上世纪的美国文学,不论从哪个角度看,《老人与海》都有资格列入美国以及世界那一百年里最杰出的作品之一,而且依愚之见,说不定还能算是海明威自己最精彩的一篇作品呢(试问,他那本写斗牛的专著《午后之死》,现在一般的读者还会感兴趣吗?)。与海明威同时代齐名的美国作家威廉·福克纳,尽管与海明威曾有过一场"妇姑勃豀"式的较劲,却也为《老人与海》写了一篇书评,里面赞誉说:

> 这是他最优秀的作品。时间会显示这是我们当中任何一个人(我指的是他和我的同时代人)所能写出的最优秀的单篇作品。这一次,他发现了上帝,发现了一个造物主。迄今为止,他笔下的男男女女都是自己形成的,是用自己的泥土自我捏塑成的;他们的胜利与失败也都掌握在每一个对手的手里,仅仅为了向自己、向对手证明他们能做到何等样的坚强。可是这一回,他写到了怜悯,写到了存在于某处的某种力量,是这种力量创造出了他们全体:那个老人——他一定要逮住那条鱼然后又失去它,那条鱼——它命定要被逮住然后又消失,那些鲨鱼——它们命定要把鱼从老人的手里夺走;是这个力量创造出这一切,爱这一切,又怜悯这一切。这是很对的。赞美上帝,但愿创造出、爱与怜悯着海明威的那种力量——不管那是什么——约束住海明威,千万别让他再改动这篇作品了。

从一个信基督教的人的嘴里,说自己的一个基督徒同行与对手已经达到"发现了上帝并表现出上帝的创造力"的水平,而且用一种反讽的方式判定这篇作品已经完美得连一个字都不能更动的地步,对不轻易称赞人的福克纳来说,这恐怕已经是最高级的赞誉了吧。

能不忆巴黎?

几年前,我曾应一家出版社之约,译了海明威的晚期力作《老人与海》。今年年初,又承北京十月文艺出版社负责人不弃,约译海明威晚年所写、死后出版的回忆录。我翻译速度一向不快,加以年华老去,用了好几个月的时光,才将篇幅不大的散文译成。

原作出版于 1964 年,是海明威 1961 年自杀身亡后的第三年。据载,此稿是他 1958 年开始写的,1960 年修改完成,肯定是作者生前写完并亲自最终定稿的一本书,与后来从《岛在湾流中》开始的另几本由别人根据未完成稿整理出版的书有所不同。原文标题是 A Moveable Feast,意思是:不固定的盛节。此词是基督教界对某种节日的说法,意思是指某种不规定固定日子的节日,比如说,庆祝基督复活的复活节,规定是在春分月圆后的第一个星期日。如果月圆那天正好是星期天,那就顺延一星期。因而复活节便可能是 3 月 22 日至 4 月 25 日之间的任何一天。海明威在他的《过河入林》(1950) 中就曾让他的主人公坎特威尔上校说过:"幸福,正如你所知道的,是一次不固定的盛节。"该书正文前亦引用了海明威 1958 年致友人书里意思类似的一段话。可见海明威对此词具有特殊的印象与感情。依我揣摩,他用以作书名主要的意思是:暮年时回忆二十出头时在巴黎过得的确非常愉快,夸大些说,仿佛天天都在过节。但窃以为这一意象怕是不易使我国对基督教文化不甚熟悉的人产生亲切联想,难以收到作者所设想的效果,于是便大胆将其移作副标题,同时沿用林琴南等前辈译家"意译"书名(如《魔侠传》《扪掌录》等)的榜样,按照内容,给它起了《忆巴黎》这样一个名称。至于是否得当,就不敢说了。(后出版社方面认为,这样做会在发行上造成不良效果,考虑之下,决定仍沿用通常译法,即《不固定的盛节》。)

  翻译的时候,我不时感觉到,海明威叙事状物的文笔丝毫不弱于他写虚构文学时的有力风格。诺贝尔文学奖的授奖词中也特别提到,授奖给海明威是为了表彰"他精通现代叙事艺术"。这里并未单指小说,想来也是将他的散文、随笔、报道类文字包括在内的。海明威稍早时曾热衷于写斗牛、打猎,为此落下一身伤痛,不算太老便宁可扣扳机自我了断。现在看来,他笔下反映的这类暴力活动已经不符合当今主张爱惜生命与维持生态平衡的主流思想了。但《忆巴黎》不一样,里面写的基本上是他早年在巴黎开始写作时的艰苦生活与他恋爱、交友的情况,只有一章是写在阿尔卑斯山区滑雪活动的。当时巴黎的种种景色、咖啡馆与饭店中文人的生活与交谊、他们或良善或怪异的行为,一一在海明威笔下再现,如同我们亲眼所见。文笔抒情,充满诗意,但亦不缺乏辛酸、诙谐、揶揄的一面。如写挨饿和为了免于受冻而与妻子相拥而眠的部分,怕也令我们的"打工仔"读来倍感亲切吧。特别应该提到的是回忆斯泰因、司各特·菲茨杰拉德的那些章节,以及对"引航鱼""有钱人"与蓄意破坏别人幸福的第三者等的描写。海明威那种"过来人语"的轻轻喟叹以及对某些人"皮里阳秋"式的揶揄挖苦,很为有时也爱写些小散文的我所特别激赏,因此翻译时亦尽可能予以传达。至于能做到几分,就不敢说了。

对书中所透露出的海明威性格中较为自私阴暗的一面，我本人是不敢恭维的。我们不奢望能读到一本海明威写的《忏悔录》，但是他缺乏自知之明与不甘承认的自大狂则是显而易见的。照说一个人进入暮年，对年轻时所作所为欠妥之处，应该是能看得更清楚些的。海明威对于自己亏欠第一任夫人哈德莉之处还多少有点表示。但是他针对有恩于自己的休伍德·安德生的风格专门写了戏仿之作《春潮》去加以嘲弄，实在有失忠厚，而且至死也未曾对此表示过一点悔意。他还接受菲茨杰拉德的主意，巧妙设局，让最早支持他的一个出版社因他讽刺安德生而主动放弃版权，正中自己下怀，使他得以顺利投奔另一家更有实力的公司。恐怕一直到死，他都会认为这是自己毕生所走的一着妙棋吧。总之，在回忆录中，读者未能见到他对自己心灵的拷问与对得罪过的友人的歉疚。不过这样要求海明威未免过高。上世纪初外国文坛上充满了是是非非，我们知道自己不去重犯即可，严责古人则大可不必了。

该书若干年前曾有前辈汤永宽先生的译本。本人翻译时遇到疑难，亦曾参考，特别说明并对永宽先生表示感谢以及追思与怀念。当然我是在参考并作了进一步思考之后，力图用自己认为恰当的方式加以表达的。就我自己而言，此次翻译是我近年来又一次愉悦而又不无痛苦的"创造性劳作"（原书中即用了此一用语）。我别无奢望，仅仅希望拙译能在文坛上存在一段时间。倘还能得到一部分读者的欣赏，认为尚可一读，那就更令人高兴了。我认为翻译该作品重要的不是展现译者的技艺，而是帮助读者了解海明威的风格不仅仅是"冰山理论"中所指的单一方面，他用一条腿支着写作,不仅是为了追求简练,更多的是因为另外的那条腿实在疼得不行。文笔简约,有时竟是力不从心、不能笔随意至的雅称。从书中即可看到,海明威的文章需要时也能写得丰满圆润、唯恐不够周详的。倘能通过翻译,帮助读者对海明威的风格有更立体更开阔的认识,那么译者几个月的辛劳便算不得是虚掷了。

附:忆巴黎(节选)

欧内斯特·海明威 著 李文俊 译

在巴黎,如果你没有吃饱,你是会感到格外饥饿的。因为所有的面包房都会在橱窗里陈列出那么些好吃的东西,人们又都在摆放在人行道上的桌子旁进食,因此你既能看见又能闻到食物。此刻你已经不干新闻工作又写不出什么在国内会有市场的作品,出门时又跟家人打过招呼说会和朋友在外面共进午餐的,那么你最好的去处便是卢森堡公园了,那里从天文台广场一直到沃日拉尔路,一路上你都不会见到与闻到一丝丝食物的影子。从那里你任何时候都可以拐进卢森堡博物馆,你肚子饿得前壁贴后壁咕咕直响时,所有的画都会变得更加清晰、更加鲜明也更加美丽。我就是在饥肠辘辘时学会更好地理解塞尚,真正弄清楚他是怎样描绘自然风景的。我时常猜想他是不是也是饿着肚子在作画的;不过我寻思他只不过是忘了吃饭罢了。那是你在缺觉或是挨饿时才会产生的一种病态却很发人深省的想法。后来我琢磨,说不定塞尚在别的一个方面有饥饿感吧。

从卢森堡博物馆出来之后，你可以沿着窄窄的费罗路走到圣絮尔皮斯广场，一路上仍然没有一家餐馆，有的只是那片安静的广场和周边的长凳、树木。广场上有一处狮像喷泉，还有些在便道上踱步，在一尊尊主教铜像上栖息的鸽子。再就是那座教堂与广场北边出售宗教用品与法衣的商店了。

离开广场，倘若不经过一些卖水果、蔬菜、酒类或是面包点心铺，你是到达不了河边的。不过若是细心选择路径，你可以往右拐过灰白石块砌就的教堂，来到奥德翁路，再往右拐，朝西尔维亚·比奇的书店走去。奥德翁路上没有什么卖吃喝的去处，你要走到广场才会看到三家。

等来到奥德翁路十二号时，你的饥饿已给压抑住，而你所有的其他感觉却重新变得灵敏了。悬挂着的照片看上去有新鲜感，也发现了过去未曾注意到的书籍。

"你真是太瘦了，海明威，"西尔维亚会这样说，"这一阵没吃饱吧？"

"吃得挺好的。"

"中午吃的是什么？"

我的胃都快里外翻个儿了，可是我会说："我正打算回去吃午饭。"

"三点钟吃午饭？"

"我没注意都这么晚了。"

"前几天晚上阿德里安娜说，她要请你和哈德莉吃晚饭。我们想把法尔格也请来。你喜欢法尔格的，对吧？要不就请拉尔博。你喜欢他。我知道的。或是随便哪位你真正喜欢的人。请你跟哈德莉说一声，行不?"

"我知道她一定喜欢来的。"

"我会给她发一封快信的。你这一阵吃得不好，就别干得太辛苦了。"

"我不会的。"

"赶紧回家吧，千万别误了午饭。"

"有给我的信吗?"

"大概不会有。不过让我看一看吧。"

她瞧了瞧，找到一张字条，高兴地抬起头来，接着打开书桌上一扇关闭的小橱门。

"是我外出时送来的。"她说。那是一封信，摸上去像是里面有钱。"是韦德尔科普。"西尔维亚说。

"准是《横断面》寄来的。你见过韦德尔科普吗?"

"没有。不过他跟乔治一起来过这儿。他会和你见面的。别担心。没准是想预付些稿酬给你。"

小议译诗

既从事创作又搞翻译的老作家萧乾不止一次地感叹说：人们总以为创作不易，翻译简单，其实不然。前者总是写作家自己熟悉的事物，有些锻炼之后便可达到一定的水平，而后者则需面对各种无法预料的难题，而且不容你回避。因此，他经常呼吁两方面的同志要互相学习，取长补短。只有这样，才能提高我国文学事业的整体水平。

我自己也有相同的体会。限于篇幅，无法以长篇译作为例说明。这里仅提一两首自己译过的短诗。美国诗人爱伦·坡的作品以格律严谨、音乐性强著称。他的一首《致一位在天国的人》，写自己失恋之苦。且看最后一节：

昏昏/沉沉，/我的/白天——
我/每一个/夜梦/都苦苦
与你/星眸的/投射/相连，
你在/泉边/轻盈/起舞——
每一/投足/都泛起/激滟
波光，/映入我/苦思的/梦庐。

原作每行四音步（外文中以一个重音与一或两个轻音为"步"），拙译以四个"顿"（最短促的吐气单位）相应表示。原作押隔行的 AB 韵，译文亦苦苦追随："天、连、滟"，"苦、舞、庐"。这还仅仅是诗歌形式上的忠实。原作的每一点意思均需不温不火、恰如其分地传达出来。而且译文整体上要一气呵成，切不可支离破碎，有了一棵棵树木却形不成一片森林。文字既要精练讲究，又不能欧化、跳跃得使一般水平的读者看不懂。总之，要务求使我国今天的读者读后的感受与 19 世纪英语读者的印象大致相等。请问，这与自己提起笔来写六行诗相比，究竟是孰难孰易？

上面说的是格律诗。自由体诗歌亦有其难译之处。译得不好便什么也不是，反而让读者怀疑外国诗人的水平。我最近译了澳大利亚诗人乔弗·佩奇的一首《路景》。很短，不妨全文抄录如下：

演出结束时
穿软鞋的袋鼠
　　　　跳了
一步并且鞠了
最后的一个躬，
聚光灯端端正正地
打在他的身上。
那辆霍尔登轿车
却不是来参加演出的，
它扫向前去，
把两撇
小胡子似的光柱

印在柏油路面上。

可以想象，诗人驾车行走在澳大利亚空旷的大平原上，他见到了一只袋鼠的一跃，归而把这一饶有情趣的景色写成一首诙谐的小诗。如果译者体会不到这种情绪而是干巴巴地逐字译出，读者肯定很难透过一重阻隔欣赏原诗。译诗的人需要很高、很灵敏的悟性，这是首要的。有的译者堆砌了许多华丽、古奥的词汇，却没有"灵魂"，这是最悲惨不过的了。

不可能有最佳方案
—— 致《书城》编辑部的信

《书城》编辑：

读贵刊"98/6"《读者声音》中说贵刊英译名问题，想到太中国味的名词译成外文，确非易事。《书城》典故应是"坐拥书城"，如此看，则应从"As the owner of a castle of books. I will not exchange my place with a kingdom."中抽取有关短语，定名为"The Castle of Books"。但这不符合英美人的习惯，也过于"森严壁垒"。倘不怕标新立异，可把"城"译为"Wall"（长城不就是"The Great Wall"?），叫"The Wall of Books"。但那太拒人于千里之外。

前些时，承"风入松"主人问店名应如何英译，我给他拟了个"Brizzy Pine Grove"的"雅名"。（三个英文词对三汉字）。昨天经过北大南门，见店牌上原来的拼音已涂去，刷上的英译为"Forest Song"，想必出自该校某才子之手。当然很好，但又有点"前苏联"味道。所以说，最佳方案是没有的。

北京 LWZ
1998年8月

译人的喜悦

英国小说家罗·达尔有一篇小说,题目叫《牧师的喜悦》(*Parson's Pleasure*),写的是一个化装成牧师的商人下乡去收购古董家具,反而弄巧成拙的故事。我对旧家具有点兴趣,所以选中请海观先生译出,准备发表。那还是"文革"前的事了。记得有一次碰到王佐良先生和他谈到此事。他对我说,标题的这个词组还有别的意思,不过与故事内容并不相干。这句话我记住在心,一回到家便查阅大词典。在 Parson 条下未见这一成语或熟语,不过倒提到"Parson's nose",看来与小说的调侃风格有点牵连。王先生也许指的是这个词?不知怎么一来,在美国大老粗们的眼里(词典里说这是"美俚"),牧师、主教(因也有 Pope's nose 这个说法)的鼻子(酒糟的?)竟很像鸡尾(其他家禽,只要能吃的,鸭、鹅、火鸡等等,也统统包括在内),说白了,就是鸡屁股。

以上这些,是近日某个早晨随便想起的,之所以忆起与两位译界前辈有关的这件小事,是因为自己在思考一个问题:什么是译人的喜悦。《中华读书报》要开办《世界图书》专刊,让我写篇文章。说到世界图书自然不能撇开翻译。谈谈译人的喜悦该不是题外话。

什么是译人的喜悦呢?我曾在一篇小文里接触到这个问题。记得当时写下后还有几分得意。现在想想,也没有多少新鲜之处,在意境上，怕是受到"雪夜闭户读禁书"的影响。那篇小文是这样写的："我没有写出鸿篇巨制，更没有先富起来（附带说明一下，小文在台湾某报发表时"先"字被编者删去——俊注），但这不要紧。我的工作就是我的娱乐。我成天与文学巨匠们亲近，直到深夜他（她）们还在向我喃喃低语，与我'耳鬓厮磨'。"

是啊，翻译是苦事，有时也很机械。才子们到头来都会对它敬而远之。但是谁是大师们忠贞不贰的卫士，谁是这些伯牙的钟子期？恐怕还不是他们的配偶与子女。对他们的作品抠得最细直到字里行间甚至纸背的，恐怕也不是什么什么主义的研究者吧。在许多情况下，都是因为有了一位称职的译者，某位作家才在某种语言读者中留下印象。这才是译人的喜悦。

当时所述，仅仅触及事情的一个方面，也就是译者个人感情上觉得充实、得到满足的问题。更加重要的当然还在于译者的劳作所产生的客观效果方面。在今天，译人想让自己的所作所为有惊天动地的效应，怕是痴心妄想了。翻译，特别是文学翻译，所起的作用，应该如老杜笔下的春雨："随风潜入夜，润物细无声。"

说得小些，是陶冶读者的情操，提高他们的修养。对创作界，则是提供一些参照对比物。再要说得大些，那就是帮助沟通文化了。不管怎么说，通过一代又一代人的坚实工作，不同文化、民族精神上的距离总会越来越小，总有一天，睿智与理性会成为指导交往的决定性因素。《春夜喜雨》结尾两句是"晓看红湿处，花重锦官城"，这样景色的隐约浮现，该是译人们最大的喜悦了吧。

（1997年7月）

一页告贷信

欧·亨利是我国读者十分熟悉的美国作家。他的《警察和赞美诗》曾被收入高中语文第五册,译者,说来也巧,正是不才。欧·亨利曾经因为挪用所服务的银行的五千美元而且私自出逃洪都拉斯以逃避审判,被判五年徒刑。又因表现良好,提前得到释放。他在狱中开始写幽默故事,大受欢迎,使他后来得以"过帝王一样的生活",叫花子和饭店侍者曾因为收到他的大额赏赐与小费而怀疑此人精神是否正常。他由于嗜赌、嗜酒,虽说赚得不少,但还是经常闹穷。到他死时,居然还欠着已故多年的爱妻的父母好几千美元,实在有些说不过去。

近日,为了找一些关于欧·亨利的材料,让小儿帮我从网上下载了几幅页图。其中的一页是欧·亨利的手迹。正事办完,《新京报》翻完,一上午没有什么可做时,便试着辨认起他不算太潦草的书法来。读着读着,倒也品出了一些滋味。看来那是写给某位编辑的信的第五页也是最后的一页。里面写道:

... down the past and make something of myself yet if I can seize the chance.

If you can & will send me the $75.00, as soon as you get this, I will repay it out of the McClure check which, as you see by his letter, will be in not later than April.

I am very anxious to go to N. Y. at the earliest possible date, as *Ainslees* are expecting me, and I have an idea they will make me a solid & permanent offer, as they have hinted at several times.

Please answer at once, returning the letters, and helping me if you can. I will return the money promptly out of the first check I get.

Yours very truly,

W. S. Porter

♯119 Fourth Ave.

中文的意思是:"……挖掘过去,再写出些关于我自己的东西来,倘若我能抓住机会的话。

"如果你能够且愿意,在收到此信后,请尽快寄给我那七十五美元,我将从麦克吕尔的那张支票里奉还,你从他的信中可以看出,支票不迟于四月定会抵达。

"我非常急于去纽约,越快越好,因为安斯尔斯在等着我,我有一种感觉,他们会给我一个优厚与永久性的建议,正如他们好几次暗示过的那样。

"请立即复信,也把附去的那些信一并退还给我,如果可能就帮帮我的忙吧。我收到第一张支票后定当立即归还。"

从信中可以看出,欧·亨利为了能借到区区七十五美元,软硬两手全都用上了。又说自己会通过挖掘自己过去的经历写出什么好东西,以此作为诱饵;又说别的什么刊物(信中提到的 Ainslees 是一家通俗刊物)什么单位(麦克吕尔是一家销量很大的刊物）是如何如何器重自己，还附去别人给他的信，作为"物证"，以引起收信者的妒忌心理；还说自己一旦收到"第一张"支票后一准尽快归还，以让对方放心。话说到这地步，简直是"无所不用其极"了。信写了足足有五页，为的仅仅是七十五美元。但是他心中恐怕已经知道是很难实现诺言的。他岂不是说了"如果能抓住机会的话"，为自己埋下伏笔了吗？说实在的，这信真带点赌输了死乞白赖想借钱翻本的人说话的口气，为了弄到钱，什么事都能答应。照说，欧·亨利笔头很了得，有这点精力与时间，一篇短些的小说怕也写出来了。这封信因为未见到第一页，发出的日期未能得知，不过既然还未去纽约，那总是在 1902 年之前。当然，一百年后，美元有所贬值，但七十五美元在当时也总归是个小数目。欧·亨利进监狱前当银行出纳员时每月的工资是一百美元，这是有案可查的。他要借的无非是一个月工资的百分之七十五罢了。

译伍迪·艾伦的《拒收》

从报上看到,《爱的讲述》一书已经出版,很是高兴。倒还不是因为我参加翻译了其中的一篇作品。让我关心此书的更重要的原因是,这是由许许多多颗爱心凝聚而成的结晶,是一本系着红丝带的爱心书。

此书原名为 *Telling Tales*(直译为《讲述故事》),最初由南非女作家纳丁·戈迪默策划发起。她约了全世界二十一位知名作家(其中诺奖得主就有五位),每人义务提供一篇作品。该书所有的收入都要捐献给防治艾滋病的事业。南京的译林出版社获得了这本书的中文版权。他们约译时也说得很清楚,中译本所得到的任何版税与利润也同样会捐献出去,所以这次翻译是尽义务的。记得几个月以前译林社章祖德先生打电话约我参加翻译时,我表示能躬逢其盛,非常荣幸。我问他戈迪默老太(从辈分、资格与成就看,她在西方文坛上已占据了"掌门人"这样的位子)的那篇约人了没有,如果还没有我倒可以一试,因为我以前译过她的别一篇作品,觉得那样的文字风格自己倒还能对付。章先生说她那篇已经约出去,但是有一篇伍迪·艾伦的,不太长,还未有人承译,问我能否接下来。我说那就寄来看看吧。伍迪·艾伦是位多面手的才子,能演能导也能写,但作品倒未曾拜读过。我别的不怕,单怕写的是金融大鳄、高科技 CEO 与娱乐圈子"佳丽"方面的事,那对我来说就像是另一星球发生的事,远非我的知识、想象力与语言所能驾驭。几天后复印件寄到，读后方知是写小人物走后门碰壁的小说，题目叫《拒收》（The Rejection）。作品里小职员的宝贝儿子被名牌幼儿园拒收的经历对我来说不算陌生。多年前为了想让小儿插班进一所重点中学时就曾遇到过。（不过小犬后来还是凭自己实力考入该校的高中部，此点倒与小说中的那个宝贝儿子不尽相同。）因此译着译着就仿佛是自己在倾诉衷肠，简直有点"借他人酒杯，浇自己块垒"的况味了。故事本身，这里不复述了，免得破坏别人阅读时的悬念心理。看惊险电影时，最讨厌的就是后座那多嘴婆用三排内听得清清楚楚的耳语提前透露谜底了。知道了比分，除了专业人员，还有谁愿看足球大赛的录像呢？

译稿交去后，译林社的王理行先生又来一信，说还得补译作者介绍与补写译者简介。这是理当要做的。伍迪·艾伦的简介是他自己写的，只有一句：

　　伍迪·艾伦（Woody Allen），舞台剧与屏幕剧的导演与演员。

作者这么简约，译者又怎能喇喇不休，把挂在名下的空衔一一列上，去吓唬阿乡呢。（现如今，有的人的名片都厚得像一本小册子了。）于是我也只写了一句话，排出来比他还少占一个字的篇幅：

　　李文俊，曾任编辑，译过福克纳的作品，喜写幽默短文。

| 她 们 |

爱屋及乌或爱乌及屋

爱书的人喜欢逛书店,爱屋及乌(也许应当说是"爱乌及屋")对书店老板也有好感。书店老板原是商人与文化人之间的"两栖动物"。熟悉国内书店情况的人很多,轮不到我来说。写国外书店的文章近年来却不多见。我出国的机会很少,但是去到一个地方总要逛逛书店。最让我倾心的是开在背静的小街上的小书店。门外照例是几排肥皂箱,放满了几角一本的过了时的畅销书。推开小格子的玻璃门,屋角发出叮咚一声,店主从幽暗的柜台后面和你淡淡地打声招呼,便任随你去翻拣,也不用做作的笑脸和客气话来向你施加压力。说不清从哪里放送出似有若无的背景音乐,不知是博切里尼的还是库伯兰的曲子。一张铺了桌布的小圆桌,一把咖啡壶和几只杯子给店堂增添了几分家庭气氛。半天不见几个顾客进来,进来了也只是和老板或店员聊几句天,不一定买书。我常常琢磨:店主怕是有祖产做靠山的,开着这爿店纯粹是为了消磨时光。

每逢见到这种小书店我总要想起西尔维亚·比奇。我对她的了解得之于庞德、海明威、乔伊斯的传记,最主要的还是得之于她自己写的一本回忆录《莎士比亚公司》。

先从西尔维亚·比奇这个名字说起。写到这里,积习难返,忍不住要引用莎士比亚《维洛那二绅士》里的两句诗:"谁是西尔维亚!她是干什么的?"(街面上的说法该是"干什么吃的"

了)前些年和一个小姑娘合译一份资料,她把这个名字译作"西尔维亚海滩",想不到恰恰与乔伊斯不谋而合。1932年,乔伊斯写过一首打油诗,里面有一行"By the silviest Beach of Beaches",正是利用谐音,把他的出版者戏称为"银色最浓的海滩"的。[1]

闲话少说,西尔维亚·比奇究竟是何许人呢?简单地说,她生于1887年,卒于1962年,是美国一个长老会牧师的女儿。她生平最大的业绩就是在巴黎开了一家叫"莎士比亚公司"的书店,这家书店办的最引人注目的一件事就是在1922年出版了詹姆士·乔伊斯的小说《尤利西斯》。

据比奇自己说,她从14岁起便随父亲来到法国,爱上了法国和法国文学。1917年她结识了在巴黎左岸开书店的法国女子艾德里安娜·莫尼埃,便萌生了自己也开一家书店的念头。她原先想在美国开设一家介绍法国文化的书店,但是"母亲那点小小的积蓄不敷在纽约开店的支出"[2],她遂决定在巴黎开一家美国书店。这里的生活费用远较纽约低,而且也可以得到莫尼埃的指导与帮助。不久,她在杜普依特伦路找到一个铺面(后迁至奥迪安路12号),经过几个月的筹备,起名为"莎士比亚公司"的书店终于在1919年11月开张。橱窗里放有"守护神"莎士比亚的集子,也放了当时初露锋芒的 T. S. 艾略特和乔伊斯的作品。书店里挂了王尔德、爱伦·坡的照片,还挂了布莱克的两幅绘画真迹和惠特曼写在别人给他的一封信背后的一张手稿,这是比奇的

---

[1] Richard Ellmann *James Joyce*, p. 655, Oxford 1982.
[2] Sylvia Beach: *Shakespeare and Company*, p. 27, Faber, 1960. 以下凡不注明出处者均引自此书。

姨妈去谒见老诗人时从他的废纸篓里捡回来的。除了卖书之外，这里也卖杂志，包括左翼的《新群众》。书店的一个特点是附设"收费图书馆"，亦即租书部。当时法郎不值钱，英美书法国人买不起，袖珍本还不流行，除了德国出的 Tauchnitz 版[①]平装英文小说外，别的书都很贵。因此，租书的办法很受法国人的欢迎。大作家安德烈·纪德领到了第二号的租书证，他经常亲自来租书。比奇说，这样的租书证，在法国知识分子看来，"就跟一张护照一样珍贵"。

最早来光顾的美国人中有诗人埃兹拉·庞德和他的妻子。庞德太太觉得杜普依特伦路地方不好找，为了搞清楚方向，她画了一张地图。比奇把署有"D. Shakespear"签名的简图印在图书馆通知的背后。这张通知单现在也成了珍贵的收藏品。说来也巧，庞德太太的娘家也姓莎士比亚，只是拼法与莎翁略有不同，少了最后面的一个"e"。一贯给人以狂妄自大印象的庞德并没有在比奇面前吹嘘自己的文学成就，倒是很为自己的木匠手艺骄傲，他问比奇有什么东西要修理。他帮比奇修好一只雪茄烟盒和一把椅子。这大概算是他表示友好亲善的特殊方式吧。

不久，莎士比亚公司就成了巴黎的一个文学中心。除了法国文艺界人士前来光顾之外，在巴黎寄寓或是来旅游的英美文学家也都慕名而来，他们甚至把这家书店作为一个联络点与信件留交处。脾气古怪的格特鲁德·斯泰因还专门为书店写了一首诗。[②]

舍伍德·安德森、菲茨杰拉德，甚至于当时（1925年）还是

[①] 这种版本的书新中国成立前在我国也很流行。
[②] 收在斯泰因 *Painted Lace* 一书中。

一个默默无闻的文学艺徒的福克纳，都去过莎士比亚公司。海明威更是这里的常客。有一度，海明威与斯泰因关系很僵，亏得比奇从中转圜，才使两个人关系趋于正常。比奇在回忆录里说："作家们之间的战火常常会旺炽起来，但是我也注意到，火势终究还是会减弱，变成光冒烟的闷火。"下面这个事例究竟算是"闷火"还是什么，就不大好判断了：有一次，在书店里，海明威与小说家凯瑟琳·安·波特相遇。比奇介绍两位同胞兼同行相识，她说"我要让当代美国两位最优秀的作家互相认识"，说完便接电话去了。海明威与波特站在那里互相瞪视了足足有十秒钟，接着，海明威转过身子急匆匆地走了开去，两人连一句话都没有说。①

比奇是在1920年夏天（据艾尔曼说是7月11日②）第一次遇到詹姆士·乔伊斯的。那是在法国诗人安德烈·斯比亚的家宴上。晚饭后，乔伊斯没有参加一场关于法国文学的争论，而是退到一个小房间里去看书，比奇也走了进去。当时乔伊斯的《都柏林人》和《青年艺术家的肖像》已经出版，《尤利西斯》也在《小评论》上陆续刊出。比奇在她的回忆录里是这样记述这次见面的：

> 我颤抖着，问道："这位就是伟大的詹姆士·乔伊斯吗？"
>
> "在下正是詹姆士·乔伊斯。"他回答道。

---

① Carlos Baker, Ernest Hemingway: *A Life Stor*, p.330, Avon, 1980.
② Richard Ellmann: *James Joyce*, p.488.

接着乔伊斯问比奇是做什么工作的。听了她的回答之后,他摸出一个小本子,记下了她的名字和地址。

第二天,乔伊斯就到莎士比亚公司去了(比奇记得他穿了一双不太干净的白球鞋,这双球鞋在一些乔伊斯的照片里还可以见到)。他告诉比奇,他有三个迫在眉睫的问题需要解决:一、找一个四口之家住的地方;二、解决一家人的温饱,为此,他要找想学英语的学生(德语、拉丁语甚至法语他也可以教,他说他还懂意大利、现代希腊、西班牙、荷兰以及斯堪的纳维亚三国的语言,此外他还能说意第绪语,也会希伯来语);三、完成《尤利西斯》一书,这部作品他已经写了七年,正在努力把它告一结束。其实乔伊斯还有一个更大的问题他自己没有提到:他的青光眼。他的右眼动了一次手术,不很成功,视力大受影响。西尔维亚·比奇表示很愿意帮他解决困难。自此以后,乔伊斯成了书店的常客。他不但来租书(他一借几十本,而且好几年不归还),而且还把比奇与莫尼埃作为了解法国文坛现状的主要来源,"他用心倾听她们所讲的一切,从来不插一个字"(让·保尔安语)[①]。

1921年春天,连载《尤利西斯》的《小评论》的两位女编辑在美国法庭上败诉,《尤利西斯》因"内容猥亵"不能继续刊登,原来答应出版此书的美国出版商也打了退堂鼓。在英国,印刷厂老板怕受到法律制裁,不敢承印,出版者亦无计可施。1921年4月上旬,乔伊斯心灰意懒地来到书店,告诉比奇:"这下子我的书永远也不会出版了。"

[①] Richard Ellmann:*James Joyce*, p. 489.

西尔维亚·比奇认识到,这本书要在英语国家出版在相当长的一个时期内是不可能的了。但她不甘心听任事情这样结束。于是她问乔伊斯:"您愿意赏脸给小店,让莎士比亚公司来出版你的《尤利西斯》吗?"乔伊斯当即高兴地接受了她的建议。

比奇的书店没有充足的资金。莫尼埃介绍比奇认识了为莫尼埃印书的开设在第戎的一家印刷厂的老板莫里斯·达朗第埃。老板愿为比奇排印《尤利西斯》,费用可以在出书之后再收。4月10日,比奇拟定出一个"限定印数,预先征购"的办法:《尤利西斯》的"全本"将在1921年秋天由莎士比亚公司出版,印数限定为一千册。其中一百册用荷兰纸印[①],为作者签名本,售价350法郎;一百五十册用"阿歇直纹纸"印,售价250法郎;七百五十册用稍稍便宜些的布纹纸印,售价150法郎[②]。乔伊斯将得到纯盈利的66%作为版税。艾尔曼在提到这个百分比时,用了"astonishing"[③](令人惊讶的)这样一个形容词,足见比奇答应付给作者的报酬是优厚的。她之所以能这样做,除了有对作者崇敬、竭诚愿使他的生活尽可能安定、优裕一些的心愿之外,还有一个显而易见的原因——"出版单位""编制"小,里里外外只有她一个人。

不过,把《尤利西斯》的出版业务接过来之后,事情的繁忙

[①] 我们今天的"精装本",往往只是多一张硬封皮,对纸张质地全然不加考虑。方平先生曾赠我一本他译的精装本《呼啸山庄》,里面的纸又黄又薄,让人联想起"金玉其外"的那句成语。当然,我指的不是方平先生的译文。

[②] 北京图书馆藏有巴金先生赠的莎士比亚公司出版的第四版《尤利西斯》,1924年1月出版,为"普通版"(ordinary edition),售价为60法郎。可见"限定印数"版的定价是相当高的。

[③] Richard Ellmann: *James Joyce*, p. 504.

还是使莎士比亚公司不得不"扩大编制",比奇雇用了一个希腊姑娘做自己的帮手。写到这里,还得插进几句题外话:这位叫 Myrsine Moschos 的希腊姑娘有不少东方朋友。其中的一位是将继承柬埔寨王位的王子,名字是 Ritarasi,他因为崇拜乔伊斯,竟把自己的名字改为"尤利西斯"。不知道西哈努克亲王的回忆录里有没有提到这位热爱现代派文学的长辈。

比奇要操心的事情显然不少。首先是征订的事。好在乔伊斯已经有了一小批崇拜者。他们向比奇提供了会对《尤利西斯》有兴趣的个人与书店的名单。比奇印发了一份征订单,一面印有邮票般大小乔伊斯的照片、对《尤利西斯》的评论的摘要,另一面当然是订购者要填的名字、地址等等的表格。纪德亲自来到书店订购。庞德征集到了叶芝的订单。订书的名人里有后来任首相的丘吉尔、作家兼间谍的 T. E. 劳伦斯和英国国教的一位主教。但是在伯纳·肖(他也是一个爱尔兰人)那里,比奇碰了一个不软不硬的钉子。肖在 6 月 11 日写了这样一封回信给比奇:

亲爱的女士:

我读过《尤利西斯》连载的一些片段。它是对一种可憎的文明状况的一个让人恶心的记录,然而却是真实的记录。我很想在都柏林周围设上一道警戒线,把 15—30 岁的每一个男子都圈在里面,强迫他们读这本书;然后问他们,在好好想一想之后能不能从所有那些语言污秽、思想污秽的嘲弄与下流描写里看出什么有趣的东西。对你来说,也许这是一件有魅力的艺术品;说不定你是(你瞧,我并不认识你)一位为写情欲的艺术煽起的激动与热情所蛊惑的年轻的野蛮人；可是对我来说，它真实得令人憎厌；我在那些街道上走过，熟稔那些店铺，听到过也参加过那些谈话。我20岁时逃离这一切来到英格兰；40年之后从乔伊斯先生的书里知道都柏林依然故我，年轻人还与1870年时一样，仍然在耍嘴皮子没完没了地说那些脏话。不过，多少让人感到安慰的是，终于有人对此深有体会，也敢把这一切写下来，而且利用自己的文学天才强迫人们面对这种状况。在爱尔兰，人们想让一只猫养成卫生习惯时总是把它的鼻子按在它自己的排泄物上蹭来蹭去。乔伊斯先生对人类使用了同样的办法。我希望这个做法能得到成功。

我知道《尤利西斯》还有别的特点与内容，但是对它们我提不出什么特别的看法。

既然征订单是希望别人买书的，我得加上一句：我是一个上了点岁数的爱尔兰绅士，如果你以为有任何一个爱尔兰人，更不要说是上了岁数的爱尔兰人，会花150法郎去买一本书，你对我的同胞未免太不了解了。

忠实于你的，
G. 伯纳·肖①

乔伊斯看了这封信只是觉得有趣。他断定肖会化名来订购。更使他高兴的是从比奇那里赢得了一盒雪茄烟，他们两人曾为肖

---

① Richard Ellmann：*James Joyce*，pp.506—507. 不过，据比奇说，花150法郎订购《尤利西斯》的爱尔兰人并不少，有的还买了350法郎的豪华本。肖后来也称赞《尤利西斯》为一部"文学杰作"，并与叶芝一起，邀请乔伊斯参加爱尔兰文学院。见艾尔曼书577、660页。

的反应打赌。事情到这里本来可以告一段落了,不料半路杀出来一个程咬金。庞德一连写了好几封信给肖,要和他就《尤利西斯》的评价问题辩一个水落石出。肖不胜其烦,想用一句俏皮话结束战斗。他寄了张明信片给庞德。明信片正面是一幅复印的"基督入墓图",基督尸体的身边有四个玛丽在哭泣。肖在画底下写的话让人想起弄堂小鬼在墙上涂的"小三子是我儿":"由于G. B. S. 拒绝订购《尤利西斯》,J. J. 被他的女编辑们①送进了坟墓。"在明信片的背面,肖写道:"埃兹拉,你所喜欢的一切莫非我也都要喜欢不成?反正我只管好便士,让庞德们管好自己。"② 但庞德硬是不依不饶,他索性在《日晷》上公开写文章,骂肖是个"第九等的胆小鬼"。③

除了征订之外,比奇还有别的事要操心。乔伊斯的"喀耳刻"部分迟迟交不出稿,印刷厂催,订户也催,1921年秋天早就过去了。乔伊斯写倒是写好了,但是他请了不少位女士帮他打字,她们都因为辨不清字迹退了回来。随着乔伊斯视力的衰退④,他的字迹越来越潦草难认了。比奇把这件事从乔伊斯手里接了过

---

① 说来也巧,除了比奇之外,连载过《尤利西斯》的《小评论》和《自我主义者》的三位编辑也都是女性。为此,在美国打官司时,法官还因为《小评论》的编辑是女士不便在她们面前宣读《尤利西斯》的"污秽描写"而引起辩护律师的嘲笑,因为刊登这些"下流话"的不是别人,正是这两位女士。但是法官接着强辩说,即使她们刊登了,她们也不懂所说的是什么。见艾尔曼书503页。
② 英国作家赛·约翰逊有一句劝人节约的箴言:"管好便士,英镑自会管好它们自己的。""英镑"与"庞德"的拼法是一样的,用大写时是人名,肖用的是大写。
③ Richard Ellmann: *James Joyce*, p. 507.
④ 乔伊斯得仰仗两副眼镜一把放大镜,或是两把放大镜一副眼镜,才能看清很大的字体。

来。但是在第三位"志愿人员"哈里森太太打字时又遇到了一桩无妄之灾。她打字时她丈夫正好走过来拿起手稿随便看看，看了一点便认为有伤风化，竟然把它们扔到炉火里去了。这位先生是在英国驻巴黎大使馆里工作的，八小时之后还忍不住要管管事儿，而且雷厉风行，没有一点官僚主义。哈里森太太慌慌张张跑来告诉比奇与乔伊斯。幸亏乔伊斯还有一份手稿，但是已经寄到美国去卖给了手稿收藏家奎因了。于是他们费了许多周折，让奎因提供一份手稿的照片，比奇再根据照片打字，把打字稿交给印刷厂。

乔伊斯有一个不好的习惯，喜欢在校样上大改大动。他自己说，《尤利西斯》有三分之一是在校样上写成的。印刷厂当然很有意见。但是比奇吩咐一切按乔伊斯的意思办，直到他满意为止。为此，她不得不付出额外的改版费。比奇说："在我看来，让我这边的努力与牺牲和我正在出版的作品的伟大合乎比例，这是一件再自然不过的事情。"

在排印过程中，乔伊斯的眼疾又犯，比奇还得帮他找医生，出主意，陪他去看病。乔伊斯赶写小说，无暇教馆，生计无着，经常向比奇"借钱"。比奇除了当他的秘书、管家之外，还得当他的银行家。借钱从有借有还变成了"预支版税"，莎士比亚公司微薄的资本几乎要告罄，比奇借钱一直借到美国宾州一个表亲的孙女那里。好几次书店差一点要宣告破产。

为了"造舆论"，比奇与莫尼埃还举行了一次《尤利西斯》朗诵会。比奇先引起瓦莱里·拉尔博对《尤利西斯》的兴趣。拉尔博是个有名的作家，精通几种外语，译过英国的作品，在当时法国文坛上很有影响。拉尔博读了比奇提供的《小评论》上的连载,果然大为欣赏。他打算亲自翻译一些章节,并且撰写一篇评论文章,同时发表在法国刊物上。接着,他接受了莫尼埃的建议,在她的书店里主持一次朗诵会,他念法译文,由一位英国演员朗读原文,朗诵会出售门票,收入归乔伊斯。于是,在莎士比亚公司的后间里,响起了乔伊斯和那位演员排练的朗诵声:"Bald Pat was a waite hard of hearing……①"1921年12月7日,这个朗诵会在莫尼埃的店里举行,书店里挤得水泄不通,取得了很大的成功。最后,拉尔博把不好意思、脸颊红报的乔伊斯从后间幔帐背后拖了出来,用法国人的方式吻了他的双颊。这次活动对于乔伊斯提高自信心起了很大的作用。

乔伊斯是个有点迷信的人,讲究吉庆口彩这一类事。比奇决心不惜一切在1922年2月2日乔伊斯生日这一天,让他拿到新出版的《尤利西斯》,为此,她与达朗第埃打了许多交道。2月1日,她收到电报,让她第二天到火车站去等第戎开来的火车。次日7点钟,她在月台上看见火车上下来一个乘务警,拿了包东西东张西望。她就这样拿到了最早出版的两本《尤利西斯》。几分钟后,她摁响了乔伊斯家的门铃,把最好的生日礼物献给了他。第二本她放在书店的橱窗里,引起了许多急于拿到书的订购者的责问,她只好收了起来。

新书大批收到后,比奇又面临着一个把这本"禁书"偷运进美国和英国的问题。头一批由邮局寄去的书订户都反映说没有收到,正常的途径看来走不通了。比奇发愁地和来书店买书的海明

---

① 《尤利西斯》里的一句,短短八个词里有一对唇音词和两对双声词,像我国的拗口令。意思是:"说的是秃脑袋的跑堂叫帕特他耳朵可有点儿背……"

威提起了这件事。海明威拍拍胸脯说:"给我二十四个小时。"第二天,他问比奇愿不愿为一个画家朋友出一段时期的房租。这个朋友正想从美国搬到加拿大去住。海明威让比奇把书寄往多伦多,再由画家每天乘轮渡过湖去美国,每次带上几本(每本重一公斤又五百五十克呢!)。加拿大并不查禁这本书。就这样,美国的订户都收到了《尤利西斯》。

《尤利西斯》出版后,再版了许多次,成了一本畅销书。乔伊斯经济上也有所收益。对于比奇,乔伊斯始终是很感激的。他送了几种手稿给比奇,后来写成了《为芬尼根守灵》,也愿意交给比奇出版,比奇没有接受,后来让 T. S. 艾略特所在的费伯公司拿去出版了。比奇和乔伊斯后来关系比较冷淡。乔伊斯是一个天才作家,但是天才往往在普通人易于做到的地方反而不如普通人。比奇在她的回忆录里仅仅是委婉地说:"我对我的乔伊斯—莎士比亚公司的劳役开始感到厌倦了,而且也越来越负担不起乔伊斯的财政需求了。"乔伊斯常常把莎士比亚公司钱柜里最后一个法郎也索取了去,但是"花起钱来却像一个喝醉了酒的水手"。这是被他请去吃饭的一个出版商说的。他在有钱人面前摆阔气,纯粹是一种自卑心理的曲折反射。他出门要住最好的旅馆,每天晚上全家人在外面饭馆里吃饭,给小费非常大方,以致每逢他要上厕所都会有好几个侍者抢着来搀扶。更使比奇不愉快的是还不等《尤利西斯》第一版卖完,他又急急忙忙地与别的出版者签订了再版合同。比奇自己除了气头上把乔伊斯要用的一摞杂志推到地上去,让他来捡(乔伊斯咽不下这口气,他没有蹲下来捡)之外,没有更多的举动。倒是莫尼埃看不过去,她在1931年5月19日写了一封信给乔伊斯。信里说:"纪德不知道——我们也像诺亚的儿子①一样尽力把事情加以掩盖——是的,你,恰恰相反,是对成功与金钱非常热衷的。你希望别人也走到尽头去;你领着他们经由崎岖的道路到某个都柏林格勒或是别的地方去,其实别人对这些地方并不感到兴趣……在巴黎,有传言说你给宠坏了,你再也不知道自己在干什么事了。……我个人的看法是你完全清楚自己在干什么,至少在文学方面是如此,你这样做自然也是对的,特别是这样做能使你感到快乐……但是如果你打算不顾一切地用你的新作品来赚钱,那就是愚不可及了。……卡汉等三家出版社所出的你的小册子连三分之二都没有卖出去,至多也就是五分之四……我们,西尔维亚和我,完全没有和卡汉共命运的意思。时世很艰难,最困难的局面还在后头。我们现在只能坐三等车厢了,很快就会不买车票坐蹭车了。"②

当时正是在西方经济危机的高潮中,两个书店女老板不敢追随乔伊斯冒险,这也是可以理解的。乔伊斯也没有为此而生气。在别人责怪比奇时,他还为比奇说好话:"她过去对我所做的,是送给我一件用她一生中最好的十年的岁月凝铸成的礼物。"③他们两人后来仍然保持着一般的友好关系。每年逢到《尤利西斯》出版纪念日,他总给她送去一盆花。1938年5月,乔伊斯还去书店与比奇、莫尼埃合影。尽管多少有点磕磕碰碰,比奇与乔伊斯之间的关系也算得上是出版者与作家紧密合作的典范了。

1941年1月,乔伊斯病逝在苏黎世。就在这一年,莎士比亚

---

① 典出《圣经》,诺亚有一天赤裸着身子睡着了,他的儿子倒退着进入房间给他披上衣服。
② Richard Ellmann:*James Joyce*, pp. 651—652.
③ 同上引,652页。

公司在纳粹的占领下被迫关了门。比奇在集中营里待了六个月，她既是敌对国公民又是犹太人，之后，她潜回巴黎躲了起来。她总算等到海明威随盟军打回巴黎，帮她清除了在奥迪安路屋顶上打冷枪的德国鬼子。

艾丽丝·门罗在中国

对我来说,加拿大女作家艾丽丝·门罗(Alice Munro)获诺贝尔文学奖并不意外,因为好久以来,我就在注意她的作品了,而且自己也翻译了一些。在西方,《新政治家》《读书》等有影响的报刊早就都对她赞誉有加,像拜厄特(A. S. Byatt)、奥齐克(C. Orzick)等女作家非但不妒忌她,而且还承认她是"我们这个时代最伟大的短篇小说作家"(拜厄特语),"是我们时代的契诃夫,且其文学生命将延续得比她大多数的同时代人都长"(奥齐克语)。美国有影响的批评家哈罗德·布鲁姆在其皇皇巨著《西方正典》后附有一份《经典书目》。在加拿大部分一共列举了八本书,其中之一居然即是门罗的《我一直想要告诉你的一件事》。

在中国,首先注意到她的是英语教师与外国文学研究者。《中国大百科全书·外国文学卷》中的"加拿大文学"词条里提到她的名字,说她的作品"大多写小资产阶级妇女对爱情、友谊、理想的追求"(李淑言)。人民文学出版社 1985 年出版的施咸荣编选的《加拿大短篇小说选》中收进了她的《办公室》(姜炳忻译)与《我一直想要告诉你的一件事》(徐昊译)。在"作者简介"里,编者说:"她的小说多半描写加拿大妇女和姑娘们的生活,通过日常琐细揭示她们心灵的奥秘,描写她们对爱情、友谊和理想的追求。"南开大学谷启楠等老师所编的《加拿大短篇小说选读》（1994年南开大学出版社）中收进了门罗的一个短篇《一盎司疗药》(An Ounce of Cure)。编者在"作品介绍"中写道："作者采用第一人称叙事手法，使主人公及其经历的事件真实可信。叙事者用生动朴素的语言再现了少女细腻的心理活动和微妙的感情变化，并不时插入对往事的分析和反思。幽默风趣的叙述使读者犹如身临其境，从感情上与主人公产生共鸣，这正是门罗小说创作的高超之处。"《世界文学》杂志在1998年第6期上刊出了庄嘉宁翻译的门罗的中篇小说《一个善良女子的爱》。后来译文与原文一并收入李文俊所编的《英语中篇小说精选读本》（中国国际广播出版社2011年）。在"作者简介"中，编者写道："门罗的作品用诗意文字娓娓道来，从容不迫。以农村与小城镇为背景，似乎一切都平静安详，实际上也同样充满冲突与危机。她对现代女性分析得丝丝入扣。"

《世界文学》除了《一个善良女子的爱》外，还在2007年第1期上介绍了《逃离》与《激情》（译者为何朝阳、陈玮），又于2010年第1期刊登了《熊从山那边来》（李文俊译），都曾博得读者的赞赏。北京十月文艺出版社于2009年7月出版了李文俊译的《逃离》。听说初印数即为两万册。中国作家中注意到门罗的亦不乏其人。如王安忆，就曾在大学讲课时谈到她，并在所著随笔《剑桥的星空》中有所记录。青年女作家张悦然亦曾多次将《逃离》列入她所喜欢的书的单子中。

有点令人难以相信的是，艾丽丝·门罗居然还曾于1981年6月访问过中国。她是和杰里·葛德士、罗伯特·克劳耶奇、艾黛儿·怀斯曼、帕特里克·莱恩、苏珊娜·帕拉第斯、杰奥弗里·汉考克一行七人应中国作家协会邀请前来的。他们和当时的中国作协副主席丁玲女士见了面，参观了北京、西安、广州等地并和当地作家交流。王蒙亦曾与他们见面交谈。但他表示，他见的外国作家太多，实在记不起门罗的事了。回国后加拿大作家们合写的一本书：《加拿大：七人帮中国印象》（原文为 $Chinada, a\ Gang\ of\ Seven$），可以看出书名中将两国国名合而为一，也是别出心裁的。门罗所写的章节篇名为《透过玉帘》。我国加拿大文学研究者、南京大学的赵庆庆女士曾撰文评论此书。

门罗获2013年诺贝尔文学奖后，我国报刊除报道这一消息外，都纷纷发表有关资料与中国学者的评论文章。《世界文学》亦于2014年第2期刊出特辑，译介了加拿大另一重要女作家玛·阿特伍德的评论以及门罗代替得奖演说而拍摄的谈自己创作的视频录音（李文俊译），都很有参考价值。《人民文学》2014年第3期上亦译载了门罗自己写的《佳酿版小说集导读》，亦是一篇很有内容的好文章。

我译《伤心咖啡馆之歌》

《伤心咖啡馆之歌及其他故事》是美国女作家卡森·麦卡勒斯（Carson McCullers，1917—1967）于1951年5月出版的。出书前，集子里的几篇作品都在《纽约人》《女士》《小说》等有影响的刊物上发表过。女作家也早就因为1940年出版的长篇小说《心是孤独的猎手》、1946年出版的长篇小说《婚礼的成员》而获得盛名。前者出版时麦卡勒斯才二十三岁。

我是在"文革"前读到麦卡勒斯的这本小说集的。记得在学部文学研究所的图书馆里，我见到企鹅版此书封三所附的借书单上，签着一个名字。那是上一位也是唯一的一位借书者的名字。出于对这位先生的崇敬与好奇，我把书借出来一口气读完，并留下了深刻的印象。改革开放后，几个喜欢美国文学的人聚集在一起，策划出版一本能反映当代美国文学状况的短篇小说集，主要的方法是由发起者每人提供一篇。我当时自然而然便想起了《伤心咖啡馆之歌》。译出交稿，集稿者汤永宽先生正在筹办《外国文艺》杂志。承他厚意，把我的译文收进1979年出版的该刊创刊号，并且列为首篇。《当代美国小说集》接着也出版了，成为当时的文学青年能够读到的为数不多的几本书中的一本。也许是因为这样的原因，不少人至今还能记得这篇作品。后来我又应朱虹先生之约，译出集子中的另一篇作品《家庭困境》。

时光飞驶，四分之一个世纪过去。在此期间，我忙于别的事务，但偶尔也会想起麦卡勒斯与爱密莉亚小姐，并且很惋惜未能将全书译出。后来出版翻译为时较近的外国作品必须购买原书版权了，有几家出版社在我怂恿下也试着去办过，惜乎都未有结果。这次上海三联书店购买到麦卡勒斯两部长篇小说的版权，也顺利出版了。编者接下去自然想让麦卡勒斯的短篇集也一并由他们出版。对此，我乐观其成，在他们事先与我联系时便答应版权购得后一定抽出时间翻译。

这次抽出两三个月的时间翻译了以前未译的五篇作品，又将旧译细细读过一遍，但除改了一两处误植与语言表达方式外，别的均未加改动。我起初还窃喜，心想近三十年前的翻译似乎还经得起时间的考验嘛。后来一想，还是说明自己没有长进，这才是一件真正可悲哀的事。傅雷先生于1937年到1941年在商务印书馆出版了他译的《约翰·克利斯朵夫》，却因不满译文风格，在20世纪50年代予以重译并交平明出版社出版。可我却没有更高层次的"慧眼"否定旧译，像许多大画家那样来一次"衰年变法"，这不是悲哀又是什么？

不过经过几个月的努力，我总算完成了一件中断多年的工程，而没有使它成为"烂尾楼"。我像一名因故延宕的朝山进香者，终于还是在偶像前还清了多年的心愿。作为一个普通的文学绍介者，这也许已经能对得起作者、读者与自己了吧。

附：1979年为《外国文艺》所写的前言

卡森·麦卡勒斯（Carson McCullers，1917—1967），原姓史密斯，麦卡勒斯系其夫姓，美国现代"南方文学"这一流派中有代表性的女作家，以擅长写孤独者的内心生活著称。她出生在乔治亚州一个小镇上（她的作品多以南方的小镇为背景），后来去纽约市学音乐，进过哥伦比亚大学。她在很年轻的时候就半身瘫痪，一直缠绵病榻，进入中年不久，便为乳腺癌夺去生命。这样的经历，对她作品中所出现的精神氛围，当然不是没有影响的。

卡森·麦卡勒斯二十三岁时便因第一部作品《心是孤独的猎手》（1940年）出名，该书奠定了她的创作特色与艺术风格。小说的主人公是一个又聋又哑的半"先知"，书中分别由四个人出来解释他的思想。麦卡勒斯另一著名作品是《婚礼的成员》（1946年），主人公是个失去母亲的十三岁女孩，她唯一的愿望是能够参加哥哥的蜜月旅行。这部小说于1950年经作者改编为舞台剧上演，又于1952年拍成电影。作者另一部不太著名的小说是《金色瞳仁里的映影》（1941年），写的是南方一座军营里人们心理变态的悲剧，也曾改摄为电影。麦卡勒斯曾把这三部小说分别称为俄国式（陀思妥耶夫斯基风格）的、英国式（弗吉尼亚·伍尔芙风格）的与法国式（福楼拜风格）的小说。此外，麦卡勒斯还著有一些短篇小说、剧本等。她的最后一部小说是1961年出版的《没有指针的钟》。

美国批评家普遍认为，麦卡勒斯虽然作品不多，反映的社会面不广，却是一位在她有限的范围内有特殊建树的、有独特风格的作家。她的创作特色与艺术风格，可以从著名中篇小说《伤心咖啡馆之歌》（Ballad of the Sad Café，1951）中窥见一斑。只是这一中篇更集中精练，更富戏剧性，其艺术成就恐怕还超过了她的长篇。

在这个中篇小说中,作者借用了18世纪哥特式小说的外壳,小说中有怪人,有三角恋爱,有决斗,也有怪诞、恐怖的背景氛围。但相同之处也仅此而已,因为作者所追求的效果并非恐怖与怪诞,而是通过生活中某些特异的经历,来考察"人性"中某种特异的成分。作者的结论是:人的心灵是不能沟通的,人类只能生活在精神孤立的境况中;感情的波澜起伏是一种痛苦的经验,只能给人带来不幸。在艺术手法上,作者糅合了哥特式小说与民间传说(小说标题的"歌"即是"歌谣""谣曲"的意思)的风格,亦庄亦谐,是悲剧但也有喜剧、闹剧的因素,虽夸张但又无不在情理之中。总之,是一篇自然流露与精心锤炼兼而有之的力作。

《伤心咖啡馆之歌》于1963年由美国著名剧作家爱德华·阿尔比(Edward Albee)改编为舞台剧上演过。

理解张爱玲

我从小酷爱文学,这也许与有艺术细胞的母亲的遗传有关。由于小时候生活在敌伪占领的上海,我不可能看到较进步的少儿文学(我记得父亲回沪后把家中如《宇宙风》一类的杂志都处理掉了,因为里面总免不了会有涉及抗日的内容)。我倒是看过几期《万象》,也常在电影院门口的书报摊上见到封面设计怪异的张爱玲的《传奇》。当时看了,也看得有滋有味。但是对于张爱玲这一路偏爱写衰颓与没落的作品,要在自己译了《押沙龙,押沙龙!》之后,才能有较深的感情与理解。

也许用逆转的说法更能接近真实:正因为少年时代有了阅读张爱玲作品的底子,使我在接近暮年时用整整三年翻译福克纳的力作时才会那么投入,以致译完不久,更准确的说法是译完此书接着又写完《福克纳评传》后不久,便生了一场大病,险些去见上帝。我在昏迷中有一种眼前出现在梵蒂冈圣彼得大教堂见到过的米开朗琪罗雕刻的"Pieta"(圣殇像)的感觉,但是最后还是因为遭"拒收"而回到人间。这使我几年来又写了不少文章,译了好几本书,包括我认为与自己很投缘的奥斯丁的《爱玛》。我认为在张爱玲的作品里也是能见到奥斯丁的影子的。

杨绛先生的"解放"

前些时为了钱锺书先生中文笔记出版之事,文化界很是忙乱了一阵。我的头脑里也不由自主泛起了几件与钱、杨二老有关的趣事,但自觉都无深意,难以写成一本正经的纪念文章。投给比较轻松的《万象》也许还能获用,或可供闲读者一粲。

在明港干校时,杨先生仍未"解放"。一些原则性强的接近领导的人仍将她视为另类。彼此分食糖果时说说笑笑,明明杨先生就在一边也只当没有看见,连假装客气也不屑一为。但大多数人早已不这样做了。我与佩芬仍称她"杨先生"。佩芬总将母亲从上海寄来的高级太妃糖(英语 toffee 的译音,为抬高身份,当时已革命化改名为"乳脂糖")与杨先生分享,杨先生又会留下几颗,给钱先生吃,两人都说还是上海糖果好吃。

我们所住的军营外面有一条卵石铺成的小路。晚饭后日光残存,我们常在此处散步,也能见到钱、杨二位,以及朱狄、钱碧湘夫妇。朱狄是哲学所攻美学的,有一次向钱先生请教一个英语上的问题。钱先生笑答道:"这样的问题还来问我,你去问谢蔚英就可以了。"其实钱先生是实话实说,并非"搭架子"。因为吴兴华夫人谢蔚英的英语水平确实不低,她燕大毕业,在文学所图书资料室做管理工作,英语侦探小说一本本接着看,比我阅读速度快得多了。让她点拨中文系毕业的人英语上一般的问题,应该是绰绰有余。

杨先生有一天在锅炉房附近贴出一张"中字报",大家围上去看。原来当时运动已进入到应"解放与落实"一部分老干部与学术权威的阶段。一般"问题不大"者,只要表个态,认个错,就可以回到群众中来了。我注意到杨先生文中有"拿糖作醋"(或许是"拿乔张致"?我记不太清了)四字,不甚了然,便私下里问过她。她简略给我解释了几句,大致意思是承认自己过去在群众面前有些"搭架子"(北京人说"摆谱")的毛病,以后当放下,以和大家打成一片。这以后,她也果真是"回来"了。但这四字成语,我始终不太明白。后来回到北京,查了汉语成语词典,才知道见诸明清小说。杨先生在"认罪书"里用,也可以算是将"严肃的政治问题"游戏化了。这张中字报其实并没有什么实质内容,说了半天,一点也没有触及政治,却适当地给运动领导者搭了一个下来的台阶。从此以后,杨先生便算是革命群众中的一员了。杨先生这一招是举重若轻,非常高明。但是分吃零食时不当杨先生是个活人的那位女归侨,后来又出去(听说是开了一家发廊),然后再回国探视时,曾表示想见见杨先生以"叙叙旧",却被杨先生婉言推辞掉了。

余音绕梁谱新曲
—— 关于杨绛先生的二三事

喜闻杨绛先生以百岁又三的高龄又有增添了新作的全集出版,真是令我不胜钦佩。我一直感受到,杨先生虽然年届遐龄,身体病弱,但是生命力却是无比的坚韧与顽强。仅举一例:不久前听说杨先生在托人找一本 Vanity Fair 的原文本,因为她想将妹妹杨必译的《名利场》下半部再好好校订改译一遍。我听了以后真是有点感到意外。因为像这样的"苦差使",若是落在我这个年逾八旬的老朽的头上,都是会感到力不从心难以接受的。但我猜测:百岁老人的杨先生必定是念念不忘妹妹没准在生前曾向她表示过的一个遗憾。若是不满足亡妹的意愿把这桩工作做得十全十美,她自己恐怕也是难以瞑目的吧。我在这里所说的,自己想想,也十足像是一部侦探小说里某个警员所作的推理和分析,预先再作个声明,以上所述,俱是我的猜测。

对于杨先生的坚韧顽强,我是深有感受的。记得"文革"初期,中国文学研究所有人在学部大院里贴出大字报,"揭发"钱锺书先生做了什么什么"反对毛主席"的事。一时间围观者甚众。不料就在当天晚上,杨先生竟亲自打着手电,拿了糨糊,在该张大字报边上贴出她自己署名的一张小字报,明确申明大字报所说的"绝无此事"。以当时的气氛,杨先生的行为被人诬为"逆潮流而动"的"反革命事件"是完全有可能的,我们都替这个弱小的身躯捏了一把汗。所里有几个自认为是"天生的造反派"的遂迫令杨先生拿了只破面盆,一边敲打一边自喊:"我是反革命家属。打倒钱锺书!"杨先生把"锣"敲得天响,却一边大声地说:"钱锺书不是反革命。"造反派喊道:"喊'是反革命'。"她把锣敲得更响了,也更使劲地喊道:"就不是反革命!就不是的嘛!"时间一长,旁观者渐渐散去,那几个造反派也觉得无趣,便不再管杨先生了。亏得学部的"革命群众"年龄偏大,和运动初期打死女校长的那些女中学生不一样,否则那天结果如何还真的很难说呢。我从这件事开始,也对这位小老太太的坚强有了更深的认识。不过从此以后,所里当时的掌权者便更明确地将她归入另类了。因为原先,她既非领导所内党政事务的"当权派",但归之为"反动学术权威"又似乎"差点成色"。既有这件事,便可以顺势认为是杨先生"自己跳出来"的了。

  钱锺书先生经过"文革""下干校"的多年耽搁,又因居所争端心情不悦,罹病过早去世,使他原来打算写的几部大书都未能完成,仅仅留下了一大堆手稿与笔记本。有的稿本经杨先生亲自整理前几年业已出版,有的请别人(包括外国专家)帮忙正在整理中。不久前我参加了商务印书馆召开的钱先生外文笔记本前三卷的发行仪式。会上播放了杨先生讲话的录音。条理还是那么清晰,声音也很沉稳,由此我们得知杨先生为了保存这些用麻袋装的笔记本(其中还有不少脱落的残碎纸片)曾经花了多么大的心力,为了整理与出版又是用了多么大的功夫。而这么些繁重的工作,都是由一个自身体重不过几十斤、有时每顿只吃得下几只馄饨的百龄小老太太完成的。

  我认识杨先生怕已超过六十年了。记得最早,还是在中关村北京大学平房教授居住区钱家（那几间平房实在是不好称作"钱府"的）去向杨先生组稿——当时她正在译《吉尔·布拉斯》，我所工作的刊物《译文》有意从中选用一部分，派我去接洽。那次也见到了钱先生，承他离别时还夸奖"还是李同志办事头脑清楚"。不过我至今仍未弄明白，先我而去的那位法文编辑究竟是怎么才会给钱先生留下"办事不够清楚"的印象的。

这以后，过了十来年，我与杨先生一起去了在河南息县的"五七干校"。她与我妻张佩芬住在一个小村的同一户农舍里，且有"联床之谊"，因此见了面总会说上几句无关紧要的话。有一天，我见到杨先生蹲坐在一只大洗衣盆前，对着搓板在搓洗一条很大的白床单。当时好像还没有洗衣粉，得先抹肥皂，然后是搓洗。搓洗完了还需将重重的水盆端到水房去，一遍又一遍地投，直到水清。然后还需拧绞、晾晒。这整套程序对于身体单薄的她几乎是不可能完成的。我想了想，便对她说，杨先生你哪有这大力气，还是让我帮你干吧，于是便抢过大盆端到水房去。其实我自己也是学生出身，以前从未干过洗大件衣服这样的活儿，更不要说大被单了。我好歹投了大半个钟点，也不知洗干净没有，但也管不了那么多了。后来在《干校六记》里读到，最初是钱先生一人先下干校，杨先生让他过一段时间把脏衣服打包寄回北京，让家中保姆洗的。后来杨先生自己也下了干校，便只好由杨大法官家的季康小姐洗了。由于这次投床单，杨、钱两位似乎对我亲近了许多。我和妻子后来重做业务工作遇到困难时曾多次向他们求教，两位也都给了耐心帮助，这是使我们终生深为感激的一件事。

据介绍，这次新版的《杨绛全集》中增添了杨先生新写的与过去那本《洗澡》有关联的长篇小说，还有过去未收入集子的一些剧本与散文。（我从《文汇报》副刊《笔会》上已读到过一些。）过去名伶歇业后重新登台，总会有热心票友送上匾额贺幛。本文标题即是从那上面常用的文字中衍化而来，由于学养不足，怕只会弄巧成拙。失敬之处，只得请杨先生笑谅了。

百遍思君绕室行

—— 追忆钱锺书、杨绛夫妇六十年往事

5月25日凌晨,我们所熟知的杨绛先生离开了我们,去了天国,与丈夫锺书、爱女钱瑗团聚了。用杨先生的话说,就是"回家"了。在《我们仨》里,她早就豁达地告诉我们:人的生命终结,正有如一次旅程走到尽头,也就是说旅人回到了家。是的,我们世界上的每一个人,无不都是在"万物之逆旅"中稍作盘桓,然后终究要回到自己的老家,去和我们先行的亲爱者长相厮守。

我和妻子张佩芬都算是杨先生所说的外文所的"年轻人",与钱锺书、杨绛伉俪有逾半个世纪的交往和接触。正因为如此,2010年我们才会接到杨先生的电话,嘱写纪念钱先生百年诞辰文章。如今,她那带无锡口音的温软话语还在我和佩芬的耳边回响。"萧然四壁埃尘绣,百遍思君绕室行"(《昆明舍馆作》),钱先生当年在西南联大写下的这首思念妻女的诗作,正好表达了我们对钱杨二位先生的怀念之情。

菜鸟编辑组稿记

1952年,我从上海复旦大学新闻系毕业,被分配到北京。在中宣部干训班培训了几个月之后,即入职刚创刊的《译文》(《世界文学》的前身,1953年创刊)编辑部。由于工作关系,我常去中关村北大平房教员宿舍组稿,钱家(当时的住房条件不好称"钱府")也在那里,因而与钱杨二位先生结缘。记得第一次与钱先生打交道,他就这么表扬我:"还是李同志比上次来的那位说得清楚。"

不久,《译文》编辑部宴请编委与名人,钱先生也在列。饭后下楼梯时我对他说,喜欢他的《围城》。他似乎有些感到意外,因为此书早已不出版了。之后每次遇到钱先生,他都会和我聊上一阵儿,用佩芬的话来说,我也算是钱先生"调侃或交流思想的对象"。

后来我听说杨先生在译《吉尔·布拉斯》(世界著名的流浪汉小说,为法国作家阿兰—列内·勒萨日所作),便上钱家登门拜访,央求二位先生将译稿给《译文》先发一部分。我如愿以偿,《吉尔·布拉斯》于1954年1月起在《世界文学》分期发表。

据说杨先生译这本书还是因钱先生而起。那时钱先生每天拿着一本法文书给女儿钱瑗讲故事,而这本书正好就是《吉尔·布拉斯》。女儿听得津津有味,杨先生想这一定是一本有趣的书(她不知钱先生完全是随题创造,即兴发挥)。正好她刚译完《小癞子》,不想荒废了法文,于是就开始译《吉尔·布拉斯》。在《关于〈吉尔·布拉斯〉与〈堂吉诃德〉》一文中,杨先生云:"我求锺书为我校对一遍,他答应了。他拿了一支铅笔,使劲在我稿纸上打杠子。我急得求他轻点轻点,划破了纸我得重抄。他不理,他成了名副其实的'校仇',把我的稿子划得满纸杠子。"

《吉尔·布拉斯》后于1956年由人民文学出版社出版,之后多次再版。作为一名年轻编辑(用现在的话来说,就是"菜鸟"），能组到杨先生的译稿，至今我还有些小小的得意呢。

外柔内刚奇女子

《译文》后改名为《世界文学》，并于1964年划归中国科学院外文所（现中国社科院外文所）主办，我与佩芬也有幸和杨先生成了同事。

记得埃莉诺·罗斯福（罗斯福总统夫人）说过："女人好像是一袋茶叶，只有在用沸水冲下去时才会看出她是何等的strong。"这里的"strong"既作"浓"讲，也可以译为"坚强"，一词二义，一下子倒想不出更好的译法。鲁迅曾经为女子"那干练坚决、百折不回的气概"屡次感叹，我想这正是杨绛先生的真实写照。

杨先生自己也提到过"文革"中被剃阴阳头的事。据我所知，这件事并不是外文所的造反派干的。剪杨先生头发的是街道的造反派，据说这些人平时就看不惯她的做派——穿一身旗袍，打一把阳伞（因院子里的槐树上有虫，常掉下来），完全是典型的资产阶级太太嘛。钱先生见夫人受辱，急得不知如何是好，杨先生却异常冷静，花了一整夜时间，用女儿以前剪下的大辫子做了一顶假发套。但杨先生是坚决维护钱先生的，谁要是说了钱先生什么不实之词，她一定会出面澄清，甚至与人争得面红耳赤，即便被打入"另类"也在所不惜。

看过《干校六记》的读者，都能感到杨先生用"怨而不怒"的笔调，记录了那段特殊年代的特殊生活。其实，这其中的酸楚谁能知晓！

我和佩芬与钱杨同在一个干校，佩芬还有缘与杨先生成为舍友，"联床"而卧，就知道杨先生在干校的处境。就拿住宿来说，当时女学员是四人一屋，杨先生的栖身之处十分简陋。佩芬非常同情杨先生，有时候就主动帮她一下，比如提桶水什么的，有时还将父母从上海寄来的大白兔奶糖、巧克力等零食与杨先生分享。但杨先生自己往往舍不得吃，而是偷偷藏起来留给钱先生。佩芬有一次遇到钱先生，他竟快乐地朝她挤了挤眼，那种表情真是只可意会不可言传。

杨先生下干校时就已经快60岁了，被分在菜园班劳动。其实她和钱先生两人以前都只是教教书、写写文章，从没干过农村的体力活，但杨先生劳动热情非常之高，从不懈怠，且毫无怨言。后来，由于她岁数比较大，大家便照顾她，让其在窝棚里看菜园，杨先生除隔三岔五巡视之外，还搬来一个小马扎，在窝棚里看书学习。钱先生也常来这里看杨先生，顺便讨论彼此的阅读心得，有时还来上一句拉丁文，仿佛又回到了当年留学时的美好情境。

在干校那种艰苦的条件下，杨先生气质端庄，毫不气馁，体现出她内在的尊严。

"同伙暗中流通的书"

在《干校六记》末尾，杨先生谈到，在干校的后期，空气已经不那么紧张了，"箱子里带的工具书和笔记本可以拿出来阅读。……同伙暗中流通的书，都值得再读"。当时我将念大学时在上海旧书店里"淘"来的 David Cooperfield（《大卫·科波菲尔》）袖珍本带到了干校,曾用报纸包了它,在朱虹和钱杨二位之间传阅过。

这本英文书至今还珍藏在我家书柜里,过一阵子我就拿出来翻翻,因为上面留有钱杨两位先生"力透纸背"的笔迹。如在书的十数处,都有用铅笔在正文侧边点的小圆圈——我相信这是钱先生点的。至于说明什么,那只有钱先生自己知道了。在388页下端出现了铅笔写的一个"好"字,看得出是钱先生的字。所夸奖的这一句,是书中反面人物尤利亚的话:"'啊!我是多么高兴,你不曾忘记!'尤利亚叫道:'想一下,你是在我卑贱的胸中燃起希望的火花的第一个,而你并不曾忘记!啊!——你肯再赏给我一杯咖啡吗?'"读过《大卫·科波菲尔》的朋友想必记得,这一章对"小人得志""得了便宜还要卖乖"的尤利亚作出了极其出色的刻画。

在第48章Domestic(持家)的左上角,钱先生写了一个"看"字,显然是建议杨先生欣赏其妙处。还有一处像是钱先生弄不清人物关系,杨先生用差些划破纸的重笔批道:是姨妈!那惊叹号打得真用力,我怀疑铅笔头会断,跃然纸上的是这样一种口气:嗔怪前面那位聪明一世糊涂一时居然能这点都不知道?联系到《干校六记》中说"默存向来不会认路",这种"小事糊涂"倒是很符合钱先生的性格。

同甘共苦的干校生活自然增加了我们同钱杨伉俪的熟稔程度,也让我后来有了某种"炫耀"的"资本":想想现在是连友人赠送的著译都看不过来了,遥想当年在河南干校,连大学问家钱锺书、杨绛先生都要问小子我借书看呢!

钱氏幽默珠联璧合

从干校回京后,钱先生开始写《管锥编》。其间,我和佩芬,还有外文所的薛鸿时、董衡巽都帮他借过资料。其实有些书原来就是文学所的,只是后分给了外文所,钱先生借阅就不那么方便了,只好请我们代劳。在他要我帮忙代查资料的便条上,钱先生总会调侃两句(可惜那些小纸片没有保留下来),常让人忍俊不禁。佩芬说我"腿勤",我的确非常乐意做这些事,因为这意味着我又有机会见到钱先生和杨先生。

80年代初,钱先生有一次让我帮他查罗伯特·弗罗斯特(Robert Frost)的一句诗,我查后就把整首诗抄给了他。钱先生后来回信道:"得信承代查书,感谢之至。Frost诗的本文,我在选本中看见,劳你抄示,尤见办事周到。"接着便详尽解答了我向他请教的关于《喧哗与骚动》中那句拉丁语引文"Etego in Arcadia"(译为:我到了阿卡狄亚。阿卡狄亚是古希腊的一个地方,后被喻为"有田园牧歌式纯朴生活的地方")的问题,还列举出两个原始出处,说是两幅画的标题。他还在信中说:"Faulkner(福克纳)的小说老实说是颇沉闷的,但是'Ennui has its prestige'(沉闷也有可敬佩之处),不去管它了。翻译恐怕吃力不讨好。你的勇气和耐心值得上帝保佑。"书出版后送书请钱杨两位指正,钱先生又回复道:"顷奉惠赐大译,感喜之至。承问道于盲,妄言妄语,何足挂齿,乃蒙序言中挂贱名,尤觉惭惶。"

有一阵子,中国学界正流行解构主义。钱先生有一次和我说,某某人谈的解构主义,犹如包茶叶的那一张纸。意思是仅仅沾染到了一些气味而已。这也属于他的谐谑。我们这些帮他做做杂事的"年轻人"也是哈哈一笑，听过算数。

90年代初，我请钱先生为拙著《妇女画廊》题写书名。钱先生写了一横一竖两种格式供我挑选，并在一侧空白处写道："我因右拇指痉挛，这两年谢绝一切题签之类的，聊以藏拙。但你来信善于措辞，上可比'游说'的苏张，下不输如'说因缘'的鲁智深，就不得已献丑一次……""赛苏张"之说和50年代那句"还是李同志比上次来的那位说得清楚"同属"钱氏幽默"。

但在1993年，我为《世界文学》创刊40周年向杨先生约稿，却被其婉拒。说那部稿子"已送给薛鸿时同志，让他译毕全书统一修改，以后就是他的东西，与我无干了"。钱先生在下方附言道："电视上时睹风采，甚忻喜……鸿时告我，贵刊发一消息，报道拙书西班牙美国译刊情况，极感吹嘘。此书新近维吾尔文译本出版，韩国'博物书馆'亦已在翻译，聊告故人，不必声张也。钱锺书附奉。"杨先生后又附笔："维吾尔文译本我只识五个字（作者名及书名），颠来倒去，不知正反上下，甚为滑稽……这个译本最'好白相'（上海话，'很好玩'之意）。"有意思的是，杨先生还在信中写道："我至今还念着你为我'投'被单的功劳呢（也许你自己早已忘了）。"投被单也是上海话，就是洗被单。在干校时，有一次我见杨先生洗被单太吃力，就抢过来代为漂洗，没想到多年过去了她还记得这件事。

佩芬曾在文中感叹："钱杨二位，撇开名气地位不说，仅论年龄，也是我们的长辈，却能如此'不分大小'胡乱打趣，现在读来，只能让人感到分外伤心。"我的心情同样如此。这些日子，我们不时拿出两位先生的墨宝和书信捧读和摩挲，两人相对无言。去年7月17日杨先生104岁生日那天,我和佩芬还去看过她,她当时特别高兴,看上去精神不错。我们带去的礼物之一,是给她祝寿的书画,字由我们的儿媳小起书写,上书:乙未嘉月吉日松枝双馨　季康夫子百龄又四　后学李文俊张佩芬敬贺。中间是一个大大的"寿"字,上方是小起妹妹新阳画的寿桃。那是我们发自心底的美好祝愿,希望她福寿无疆。然而,人终究无法抗拒自然规律,杨先生还是走了。但我想,如今,72卷的《钱锺书手稿集》终成完璧(欣慰的是,我和佩芬曾帮忙看过几次《钱锺书手稿集、外文笔记》的校样,也算尽了绵薄之力),杨先生将自己要做的事全都做完了,的确可以安然走向天国,去与默存、阿圆团聚了。这难道不是一件再令人惊羡不过的最好结局吗?

寻访露西·莫德·蒙哥马利

1987年我写过一篇介绍一位英国女翻译家的文章,并且套用了一篇流行小说的题目,起名为《寻访康斯坦司·加尼特》。其实我也仅仅是在文字材料上追踪,并没有进行实地考察。1989年的6月,我倒真的有了一次寻访一位女作家的机会。这次走得还真够远的,一直去到大西洋西北角圣劳伦斯湾的一个海岛上。这一次我要寻访的是加拿大儿童文学作家,《绿山墙的安妮》(Anne of Green Gables)一书的作者露西·莫德·蒙哥马利(Lucy Maud Montgomery)。

回想起来,我之所以选中蒙哥马利女士作为我考察的对象,很有一点出自打抱不平的动机。我最早知道这位作家的名字,还是得自1986年我国某份报纸上的一篇报道。那篇"渥太华来讯"里说:"加拿大青年导演凯文·沙利文将加拿大著名女作家露西·蒙哥马利的名著《绿山墙的安妮》改编为电视连续剧,该剧在加拿大广播公司电视台播放,收看人数达五百五十万,超过了其他电视片。"报道里还提到:小说《绿山墙的安妮》发表于1908年,写的是一个孤女的故事。马克·吐温读了这部小说后曾说"安妮是继不朽的艾丽丝(指卡罗尔的《艾丽丝漫游奇境记》中的小女主人公)之后最令人感动与喜爱的儿童形象"。我记得,看到马克·吐温的这句评语后我曾停下来沉思片刻。马克·吐温死于1910年,他说这句话当然是在《安妮》1908年出版之后,当时，他已垂垂老矣，心情也不好，但是却如此推崇北方邻国一个名不见经传的青年女作家的处女作，可见这本书里总是有不同寻常之处。我也曾翻阅过马克·吐温的文艺论文集与自传、传记，未能查出这句话的出处，直到后来读了蒙哥马利的传记，才知道这是吐温写给她的一封信里的话。老吐温的书简与千百封儿童崇拜者的信件一起拥到蒙哥马利在爱德华太子岛村舍二楼的小书房里，这真是件不可思议的事！

1988年的夏天，我出乎意料地看到了《安妮》一书的中译本，马爱农译，中国文联出版公司出版，不是在书店的橱窗里，也不是在图书馆的新书架上，而是在一次会议的议事桌上。中文版封面设计者笔下安妮的脸出现在一大堆裸露肉体的图像中间。如果有一天我会写自传，大可夸耀生平也曾救过风尘，因为在那次会上我站起来走过去把《安妮》从那堆精神鸦片中拣出来，告诉有关的人这一本绝对不是黄色小说。我看了看《安妮》的版权页，知道这本1987年8月出版的书印数为19900册，而稍后出版的《玫瑰梦》与《情场赌徒》印数分别为10万册与22万册。

我也曾注意过一些书评报刊，却从未见到有文章提到《安妮》的中译本，哪怕是一句。中译本像一片雪花落在初冬的泥地上，落下时是无声无息的，落下后马上就消融了。小安妮在中国的遭遇太可怜了。要知道这本书不但在英语国家是一本历久不衰的畅销书，而且被译成数十种文字，拍摄成无声、有声电影，搬上舞台，又改编成音乐喜剧。难道只有等同名电视剧在中国荧屏上连续播出①，人们才会知道安妮·雪莉这个名字吗？我一直为安妮在中国的命运感到不平，正因如此，在一次加方资助的学术考察活动中，我报了去蒙哥马利故乡参观并写介绍文章的计划。不久之后，加方同意了我的计划，于是我又一次踏上了分别三年的土地。

也许我应该先用些笔墨介绍这位女作家的生平。为了给我的考察活动做些准备，我动身之前仔细阅读了莫莉·吉伦（Mollie Gillen）所著的蒙哥马利的传记《事物的轮子》（*The Wheel of Things*，1976）一书。下面的叙述基本上都取材于这部著作。

蒙哥马利出生于1874年11月30日。第二次世界大战中丘吉尔成了大名人后，蒙哥马利有点得意地告诉友人，她的生日与这位英国首相的不但同年同月，而且还是同一天！她出生的地点是加拿大最小的省份爱德华太子岛北部一个叫克利夫顿的小村子。她的父亲是个商人，经常在加拿大中部经商，母亲在小莫德（她不喜欢别人叫她露西，宁愿用当中的名字，我后面也将这样称呼她）出生二十一个月后就去世了。莫德只得与外祖父母一起生活，她来到卡文迪许，这也是一个小村庄，离她出生地只有几英里。莫德后来写道："我的童年与少女时代都是在卡文迪许一所老式的农舍里度过的，我家的四周都是苹果园。"莫德对大自然的热爱贯穿了她的一生，也在她的作品中得到强烈的表现，这是与她在海岛上度过的童年生活分不开的。

这个小女孩在森林、牧场与沙滩间奔跑。那箭束般的阳光、

---

① 我后来听说，中国曾有意购买这部电视连续剧，但因加方索价过高，买卖没有做成。

飘忽不定的云影、弯曲的红土小路、云杉枞树的深浅不一的树影、带盐味的清新的海风……这些都是她朝夕相处的景象。美丽的景色也培养了她对美好事物的追求。她说过:"日常生活中的一切都闪烁着'荣耀和梦想'的光辉——我和理想的美的王国非常接近。它和我之间只悬垂着薄薄的一层纱幕。我虽然无法把它拉开,但是偶尔吹来一阵轻风会使它飘起,使我得以瞥见那边的迷人的世界——仅仅是瞥见一眼——可是已足以使我感到人生毕竟是美好的。"

母亲早逝,父亲经商在外,她没有兄弟姐妹(后来父亲续弦,又生了几个孩子,可是她们与她不亲),无疑有些孤独,她有时会对着碗柜玻璃门上自己的影子诉说心事。不过外公兼任村邮务所的所长,学校就在路的对面,她并不缺乏小游伴与观察社会的对象。外婆是个朴实的农妇,也很爱她,但是不理解儿童,喜欢用僵硬的宗教信条来约束天真活泼的心灵。莫德后来说:"在物质方面外公外婆对我是很宽厚的,我也是深深感激的,可是在别的方面他们对待我的态度是不聪明的。"她记得有一次她干了一件小小的淘气事情,外婆罚她跪下祈求上帝原谅,要她承认自己是一个坏女孩。这件事使莫德非常反感。在小学校里,莫德也挨过老师的鞭子,原因是她用了"by the skin of my teeth"这个说法,老师认为她不该用粗俗的口头语。莫德后来发现,早在《旧约》的《约伯记》里这个说法就已经出现了[①],她为自己

[①] 见《旧约·约伯记》九章二十节。中译本《旧约全书》中的译文是这样的:"我的密友都憎恶我,我平日所爱的人向我翻脸。我的皮肉紧贴骨头,我只剩牙皮逃脱了。"译文比较生硬,意思是:九死一生地逃脱了。

遭到这样不公正的待遇而感到气愤。

小莫德九岁时开始写诗,用的是外公邮务所里废弃的汇单。她把写成的一首咏秋的诗献给父亲。父亲看了以后说这不太像诗。莫德喊道:"这是素体诗!""是够素的。"她父亲说。

莫德十五岁时写的一篇《马可·波罗号沉没记》在一次全加作文竞赛中得到三等奖。这是她根据亲眼所见的一次发生在海岛北岸的沉船事故写成的。1890年8月,莫德由外公带着来到父亲经商的艾伯特王子城。继母要她帮着带孩子。她不能上学,自然觉得很痛苦,但是她能通过写作把痛苦化解掉。她写了一首四行一节共三十九节的长诗,投稿后居然被一家报纸头版一整版登出来。当时她还不到十六岁。她继续投稿,报纸上当时已称呼她为"lady writer"(妇女作家)了。不久,她的短篇小说又在蒙特利尔得奖。1891年,父亲把她带回到故乡,此后,在父亲1900年去世前的几年里,父女很少见面。莫德幼年丧母,又得不到父亲的抚爱,她作品中经常出现孤儿形象与孤儿意识,便不是一件偶然的事了。

莫德回到爱德华太子岛后进了首府夏洛特敦的威尔士王子学院,1894年毕业,得到二级师范证书。在岛上教了一年书后,她又进了哈利法克斯的达尔胡西大学学文学。在大学念书时,她仍不断投稿。有一个星期她一连拿到三笔稿费:星期一,因为一篇儿童小说在美国费城《金色年华》上发表得到五元;星期三,哈利法克斯的《晚邮报》因为她在《谁耐心更大——男人还是女人?》征文中得奖寄给她五元;星期六,她收到十二元,因为她的一首诗给《青年之友》杂志录用了。她用最初收到的五元钱买了五本诗集:丁尼生、拜伦、弥尔顿、朗费罗和惠蒂埃的集子。

学校里人们开始称她是"那个给杂志写小说和诗歌拿到不少稿费的姑娘"。但是,莫德说,他们不知道她冒着严寒拂晓时分起来用冻僵的手指写作的苦处。

1895年7月,莫德得到一级师范证书,她教了两年书。1898年3月,外祖父去世,莫德为了不使外祖母孤独地生活,回到故乡。从这时起除了当中不到一年在哈利法克斯一家报馆里当编辑兼记者兼校对兼杂差,直到1911年外婆去世,她都过着普通农妇的生活,管理菜园、果园,制牛油烛,做家务事——地里的活由一个表兄帮着干,同时还协助外婆做邮务所的事,如今外婆接班当了邮务所长(至今传记辞典她的词条里还记载着她担任过"助理邮务所长"这一职务)。但是不管在什么情况下,莫德都没有停止写作。她仍然不断向加、美各刊物投稿。有时,发表一首诗只拿到两元钱。有时,编辑会寄给她一幅画,让她根据画意"配"一篇小说。但是她投稿的"命中率"不断提高。

1907年5月2日,莫德在给友人伊弗雷姆·韦伯写的一封信里说,去年秋冬写了一本书,在两个月的悬念等待之后总算得到波士顿的佩奇公司的答复,说是愿意接受出版。

其实莫德开始创作这本后来广为人知的《绿山墙的安妮》还是在1904年的春天。它原来是莫德写的一部短篇小说,她把它扩展为一部篇幅不大的长篇小说(约合中文二十四万字),到1905年的10月,莫德完成了这一工程。她一次又一次地把它寄给出版社,前四次都只收到一张印好的退稿条,第五次总算收到一封信,里面说审稿者发现作品有一定的价值,"但是并不足以保证能得到读者的欢迎"。莫德沮丧极了,便把手稿扔在壁柜里一只旧帽盒里。她准备闲暇时再把它压成最初总共只有七章的规模,投给某个刊物连载,好换回三四十块钱。

可是一年之后她无意间找出这本手稿,跳着读了一些篇章,觉得写得不算太坏,便重新投寄出去。这一次稿子终于被接受了。

说起《安妮》之所以能写成,还得归功于莫德的记事本,她平时看到什么想到什么,就喜欢往本子上涂上几行。有一天她翻记事本,看到两行不知何时写下的字:"一对年老的夫妻向孤儿院申请领养一个男孩。由于误会给他们送来了一个女孩。"这两行字启发了她,使她开始写小孤女来到一个不想要她的陌生家庭的故事。莫德把"一对夫妻"改成"两个上了年纪的单身的兄妹",因为单身者脾气总是有点孤僻,这样,与想象力丰富,快言快语的红头发、一脸雀斑的小姑娘之间的冲突就越发尖锐了。小说的第一、二、三章的标题都是"×××大吃一惊",使读者莫不为小孤女的遭遇捏了一把汗。小安妮也确实因为性格直率、不肯让步与粗心大意吃了不少苦,但是最终的结局还是令人宽慰的。儿童文学作品总不能没有一个"快乐的结局"嘛。

《安妮》在1908年出版,很快就成为一本畅销书,到9月中旬已经四版。到1909年5月英国版也印行了十五版。1914年,佩奇公司出了一种"普及版",一次就印了十五万册。以后的印数就难以统计了[①]。

在这样的形势下,读者都想知道"小安妮后来怎么样了",出版社看准了"安妮系列"是一棵摇钱树,蒙哥马利自然是欲罢不能了。其结果是她一共写了八部以安妮与其子女为主人公的小

[①] 笔者本人就见过中国出版的一种"海盗"影印本,上面没有任何说明。从版式、纸张、封面推测,大约是20世纪40年代上海印制的。

说。它们按安妮一家生活的年代次序（而不是按出版次序）为：《绿山墙的安妮》（1908年出版，写安妮的童年）、《阿冯利的安妮》（1909，写安妮当小学教师）、《海岛上的安妮》（1915，写安妮在学院里的进修生活）、《风杨村的安妮》（1936，写安妮当校长时与男友书信往来）、《安妮的梦巢》（1918，写她的婚姻与生第一个孩子）、《英格尔赛的安妮》（1939，写她又生了五个孩子）、《虹谷》（1919，孩子们长大的情景）、《英格尔赛的里拉》（1921，写安妮的女儿，当时在打第一次世界大战）。这样的创作方式自然会使真正的艺术家感到难以忍受。出了第一部"安妮"之后莫德就在给友人的信里说："这样下去，他们要让我写她怎样念完大学了。这个主意使我倒胃口。我感到自己很像东方故事里的那个魔术师，他把那个'精怪'从瓶子里释放出来之后反倒成了它的奴隶。要是我今后的岁月真的被捆绑在安妮的车轮上，那我会因为'创造'出她而痛悔不已的。"

尽管莫德自己这样说，她的"安妮系列"后几部都还是有可取之处，其中以《海岛》更为出色。作者笔下对大自然景色的诗意描写，对乡村淳朴生活的刻画，对少女的纯洁心态的摹写，还有那幽默的文笔，似乎能超越时空博得大半个世纪以来各个阶层各种年龄读者的欢心。这样的一个女作家不是什么高不可攀的哲人与思想家，而像是读者们自己的姑姑、姐妹或是侄女、甥女。给莫德写信的除了世界各地的小姑娘之外，还有小男孩与白发苍苍的老人，有海员，也有传教士。两位英国首相斯·鲍德温与拉·麦克唐纳都承认自己是"安妮迷"。一位加拿大评论家在探讨"安妮"受到欢迎的原因时说，这是因为英语国家的人民喜欢小姑娘。不说英语的民族又何尝不是如此呢？人们在生活与艺术中对天真幼稚避之唯恐不及，但是率直的天真，不扭扭捏捏的天真，却又是一种难以企及的美的境界了。凡人都有天真的阶段，当他们处在这个阶段的时候莫不希望早日脱离，避之唯恐不及；但是一旦走出天真，离天真日益遥远，反倒越来越留恋天真，渴求天真，仰慕天真了。也许正是基于这种心理，连城府极深的政坛老手也希望能有几分钟让自己的灵魂放松放松？也许正是由于这个原因，七十一岁的马克·吐温给三十四岁的蒙哥马利写去了那样的一封"读者来信"？

美学家们对这样的现象可能早已有极为透彻的论述，还是让我回到蒙哥马利生平上来吧。她的外祖母于1911年逝世，莫德不愿一个人住在空荡荡的大房子里，搬到几英里外另一个村子去与亲戚一起住，不久便与埃温·麦克唐纳牧师结婚。他们恋爱已有八年，订婚也已有五年了。仅仅是因为外婆不愿离开旧居，莫德又不肯把外婆一个人留在那里，她的婚事才一拖再拖。结婚时她已经三十七岁了，埃温也四十一岁了。（当地的一个居民后来回忆说："我听说他们订婚的事之后，心里就明白了。我原来一直嘀咕牧师干吗没什么事老是坐在邮务所门前的长凳上。"）婚礼上，亲朋们为新郎新娘唱起了"那声音响彻伊甸园的上空"，和我翻译的《喧哗与骚动》里凯蒂结婚时人们唱的是同一首歌。婚礼后，莫德和麦克唐纳到英国去度蜜月，专诚拜访了和莫德通信多年的苏格兰人乔治·麦克米伦。回到加拿大后，莫德来到离多伦多五十英里的利克戴尔，住在教堂附近的牧师住宅（即所谓manse）里。除了做妻子和母亲（她生了三个儿子，活下来两个）需要做的一切家务事外，她还要担当起牧师太太的一切"社会工作"，诸如主持主日学校、义卖、圣诞演出，和各种各样的人谈心，鼓励他们，安慰他们，不管自己喜欢不喜欢，健康还是有病，不过这也是深入生活的一种方式吧。在利克戴尔住了十五年之后，牧师被调到多伦多西面的诺伐尔，莫德又在那里继续忙碌，她还能挤出时间做挑花活儿——图案是她自己设计的，她还因挑花图案设计获得过全加拿大展览会上的一等奖呢。在完成这一切的同时，莫德还要做她的"正业"，她每天都要挤出几个小时来阅读与写作。她的小儿子埃温·斯图尔特后来回忆说："她总是在大清早写作，深夜读书。在我的记忆中她每天只睡五个小时——有时候六个小时。她书读得很杂，也很快。她反复阅读英国文学的经典作品，记性好得出奇，所以能随便引用莎士比亚、华兹华斯、拜伦和所有著名诗人的大部分作品，不过她也读新出版的书籍、杂志和报纸，并且一天还要翻读一两本侦探小说。"

除了八本"安妮系列"之外，蒙哥马利还写了自传性很强的"埃米莉"三部曲，即：《新月村的埃米莉》（1923）、《埃米莉登攀》（1925）与《埃米莉的追求》（1927），其中《新月》评价最高。接下来出版的是两本为成年读者写的小说：《蓝堡》（1926）与《缠结的网》（1931）。较后的作品有《灯笼山的吉恩》（1937）。当然，还有其他长篇小说、短篇小说集和诗歌、自传之类的作品——我在后面还要提到她的日记。从这份不完全的目录可以看出，莫德笔耕是够辛勤的。更何况她的丈夫二十多年来患有精神忧郁症，她千方百计为他这个地方上的精神领袖掩饰，真可谓用心良苦。直到 1935 年牧师退休。1937 年，埃温竟失去了记忆。但是他比操劳过度的莫德还多活了两年。莫德是 1942 年 4 月 24 日去世的。丈夫和两个儿子把她的遗体送回到卡文迪许小小的公墓，她的墓碑与如今已成为"蒙哥马利博物馆"的"绿山墙房子"遥遥相望。她又重归心爱的海岛，夜深时，可以听到涛声。"闪光的湖""闹鬼的林子"……这些《绿山墙的安妮》里写到的景色如今都回到了她的身边。

过去出版的辞书都只说她是儿童文学家，可是新版的《加拿大百科全书》（1988，第二版）里却称她是"作家与日记作家"，这不是没有道理的。大百科里她名下的词条里这样写道："她逝世时留下了十卷（超过五百页）未发表的私人日记（1889—1942）——这是对社会历史与一个杰出妇女的生活的一份出色的记录。这些日记如今正在编辑中；第一卷已于1985年出版，第二卷亦于1987年出版。"

我顺着这个线索又到渥太华市立图书馆去找蒙哥马利的日记——这时我已经来到加拿大，渥太华在我的日程里是第一站。在《日记》的出版说明里是这样写的：

在L.M.蒙哥马利生命行将结束时她表示了这样的意愿：手写的日记绝大部分将来都可以出版，但是要在适当的时间之后。她把她的日记交给她的幼子埃温·斯图尔特·麦克唐纳医生，希望他精心保管，并且按他认为的最好形式最终让它们出版。麦克唐纳医生1982年死前不久把多卷他母亲手写的日记、一份经过大大压缩的她亲自打字的稿本、若干剪贴本、照相册、账簿、出版记录以及她个人藏书二百六十四本，还有各种纪念品一齐献给了圭尔夫大学。

整部日记包括十部开本很大的日记册，几乎达到两百万言（英文），时间跨度是1889到1942年。

本卷（第一卷）是1889到1910年的日记的节选。

第二卷（牛津版）包括手写本的第三、四卷以及第五卷的一百四十页，是有代表性的记事的选录，它们反映了1910至1921年内蒙哥马利的全部事务与行为。

由于行色匆匆，我只能翻看了找出来的两本日记，每本都不薄，且是密密麻麻的小字。从第二卷起改由牛津大学出版社出版，也许是因为经济上和规模上的原因，非一家实力雄厚的单位不能承担。在把日记放回到书架上时，我脑子里闪过一个念头，到21世纪，蒙哥马利日记的地位说不定会凌驾在她的儿童文学作品之上呢。

我离开渥太华之后，在魁北克市与蒙特利尔市盘桓了数日，初步领略了法语城市与天主教文化的风光。然后，在烟雨蒙蒙中来到海港城市哈利法克斯，一到市里便买了去夏洛特敦的来回长途汽车票。找到住处后，我扔下行李独自在哈市的街头与码头附近漫步。莫德当记者的时候，也就是在这一带活动，也就是在这里眺望烟波浩渺的大西洋，怀念她的海岛的吧。

哈市东北部有所达尔胡西大学，蒙哥马利在那儿上过两年大学。第二天天气放晴，我较早来到长途汽车站。为了手头轻松些好到附近逛逛，我把两件行李也是我的全部行李交给了行李托运处，殊不知还因此引发出了一次小小的事件。中午12时长途汽车开车，我似乎未见到我的行李装进车肚子底下的行李舱里，但是由于没有自始至终守在车前，似乎也不敢肯定。我也曾到托运处查询，但是管事的先生态度和国内的"师傅"们差不多，他告诉我他的工作是站在柜台后面收行李，至于是否装到车上那是别人的事。如果他离开岗位为我去查对那是不合规章制度的。话说到这里我再坚持就意味着要让他去犯错误了，而且也是对他们的信誉卓著的公司（似乎叫 Island Transit）的蔑视，我自然不便多嘴。汽车在新斯科舍两旁俱是枞树、松树、槭树、槲树和各种不知名的乔木的公路上行驶，约一小时来到第一个大站特鲁路。我乘司机打开舱门给旅客取行李的机会出示我那两张行李票，问两件行李在不在车上。他一看就明白自己没有领取过——我后来注意到旅客们都是车开前自己把行李交给司机，不去麻烦托运处的。难怪那位先生嫌我这个"老外"打扰他的清静了。那个身材挺拔，留着一脸美髯的司机（加拿大真是独多美男子呢）随即和站长商量了几句，站长进去打了一个长途电话，然后告诉我行李的确没有上车，该公司当天没有班车了，他们打算让另一家叫 SMG 的公司的班车帮忙运去，让我晚上 11 时半去夏洛特敦 SMG 售票处取。我当时身上除了钱与护照，别的什么都没有，连电话本都没有。到了夏洛特敦人地生疏，半夜还要去取行李，我真是感到有点狼狈了。不过汽车很快就来到新格拉斯哥，一下子开进一艘大轮渡的肚子。新鲜的经验让我暂且把烦恼都抛到了一边。

在轮渡上的近两个小时是我这次加拿大之行最愉快的时刻之一。我的精神完完全全放松。这里没有人向我表示我不喜欢听的同情与关心。我和旅客们舍去长途汽车登上四面都是玻璃窗的船舱，这里当中是小卖部，四周围都是座位。老师带出来远足的小学生们四处乱窜，起劲地往机器槽沟里塞硬币摁出一包包食物，无非是些炸土豆片之类的零嘴，但孩子们总觉得外面的东西比家里的好吃。加拿大人很喜欢带幼儿甚至是几个月的婴儿一起旅行，而且往往是抱一个拉一个，这样的景象国内已不多见。母亲或父亲把孩子背在身后的轻金属架上，这种架子可以夹在桌子边上，一家人面面相对喝热饮料，吃微波炉里取出来的热馅饼，和在家里厨房餐桌旁没什么两样了。情侣们依偎在一起呢喃低语，老太太打毛线，有的看袖珍本通俗小说，小伙子们则喜欢到甲板上去吹风、淋雨、晒太阳。海风习习，鸥鸟翻飞，一朵朵白云迅捷地飘过，使拍摄的相片有明有暗，更加多姿多彩了。

轮渡在我们不知不觉间渡过了诺森伯伦海峡，来到 PEI——爱德华太子岛的简称。旅客们又坐上汽车，约一小时后来到首府夏洛特敦。我下了车正愁不知如何是好，一位穿鲜红外衣的男子迎上来，问我要不要住"家庭旅馆"。我说我的当务之急是要取行李。他听我说了情况之后，说："行李我晚上来给你取，你尽管睡。"并且双手合十放在倾侧的面颊下，做幼儿安睡状。我看得出他是个善良的人，便上了他的汽车。半夜，我在睡意蒙眬中听到他告诉我行李取来了。啊，这位名字像法国人的圣克莱尔·格兰特先生真是个好人。他原本是建筑工人，因为从高处脚手架上摔下来耳朵重听，不但耳朵上戴助听器，连电话录音机上也安了扩大器。他的太太住在医院里动手术，给我打过声音很慈祥的电话，谢谢我送的三元人民币在西单商场买的香木扇。他让我每天早餐喝一壶红茶（我不喝红茶一天都感到萎靡不振），吃两片涂黄油果酱的烤面包，只收我一加元。他是天主教徒，每礼拜六下午要去望弥撒，因此有一回把我和一位澳大利亚女士关在门前廊子上受冻。

此后便是我去"绿山墙的房子"朝圣的日子了。不过我不用怀着虔诚的心情，大作家让人敬畏，小作家使人感到亲切，契诃夫说大狗小狗都有权利吠叫出自己的声音，信哉斯言。

我坐上环岛（北路）游览的面包车（本应用伦敦式的红色双层大公共汽车的，不过目前还不是旅游旺季），车子里似乎只有我一个男的。司机兼导游也是男的,他一路开车一路介绍岛上风光,时不时逗得美国老太太们咯咯直乐。来到渔村,他叫出两个高大剽悍的渔民,让女士们与之合影,还悄悄告诉我们那是一对双胞胎老光棍。来到海味餐厅,他借出来一只特大号的生猛龙虾,让我捏着照了一张相,他给摁相机。我们都不会是回头客,他不那么热情也会拿同样多的工资的,莫非蒙哥马利笔下淳朴的海岛民风至今犹存?

小安妮坐过的火车早已不开了,铁轨却还留嵌在地上。红土路还有,高低参差的乔木和灌木风姿也还依旧。这个岛虽然比崇明岛大五倍,却是东西狭长的,因此过不了多久总能瞥见蔚蓝的大海与红色的灯塔。车行一个小时我们来到卡文迪许,著名的"绿山墙房子"便在这里了。不过有一点必须搞清楚,这幢村舍既不是莫德的出生地(那是在更西面的新伦敦),也不是莫德住过多年的外祖父母的故居(那是在北面半公里,如今房子已拆,只剩下一个地窖),而是莫德的表亲戴维和玛格丽特·麦克尼尔的房子。莫德经常来这里,也在这里住过。据说她写《绿山墙的安妮》时是以这幢房子为背景的。《安妮》一书畅销后,人们络绎不绝到这里来参观。1936年加拿大政府把这一带辟为国家公园,同时修建这幢房子,收集19世纪90年代的家具,按小说中所描写的格局,陈设其中,逐步把它经营为一个旅游点。莫德也来看过,她承认楼上正面的卧室很像她心目中安妮的房间。

我们这些来自各国各地的游客走进这幢极普通的两层的农居。楼下最大的一个房间是厨房,里面的一只铁火炉硕大无朋,引起游客们的啧啧称奇。简朴的折叠式木桌上放着擀面杖,跟中国农民用的没有什么不同。一位讲解员笑吟吟地站在房间中央,是个十八九岁金发蓝眼睛的姑娘,等游客到齐好开始演讲。我趁这个空闲时刻走到她跟前,问能不能见博物馆的主任。她说主任不在,这里只有她一个人,并问我有什么事情。我说我来自中国,中国也出版了《绿山墙的安妮》的译本,我带来了一本,希望博物馆收下作为陈列品。讲解员向我表示感谢,立刻把书收到身后的另一个房间里去。这时候游客到齐了,小姑娘开始讲解。她一会儿摊开右掌,一会儿收拢,同时左脚伸出半步。一招一式都像是按事先设计的程式在做的,这份稚气使她显得更加可爱。她讲了蒙哥马利的情况,讲了"绿山墙房子"的由来,还讲了《安妮》一书的内容与出版情况。在讲到这本书在世界各国的影响时,她是这样说的:"《绿山墙的安妮》在世界上已经译成了三十六种语言,不,是三十七种,今天来自中国的李先生又给我们送来了中文的译本……"

"绿山墙的房子"不算大,呈曲尺形,两层,每层也就有四五个房间。我们听完讲解员的话便拾级而上,到楼上去看"小安妮的卧室"。房间里沿墙放着一张硬板床,旁边是一只茶几。老太太们看见茶几肚子里放的东西都掩住嘴咻咻地笑了起来。原来这里有一件她们久已未曾亲近的宝贝——那就是 chamber pot(夜壶)。

蒙哥马利就葬在西边不远的地方。小说里写到的"情人巷""闪光的湖"和"闹鬼的林子"也都在附近。每年都有数以千计的游客慕名而来,其中不少是来验证自己读小说时所留下的印象的。与我们同来的一个日本少女还要留在附近的小旅馆里住上一夜,想必是愿意亲自体验一下书中所描写的夜色和日出景象。一个作家在死后如此为人爱戴(1942 年莫德去世时报上登的讣告里正是把她称为"受人爱戴的[beloved]加拿大作家"的),这里总有些值得我们研究与探讨的因素。

果不其然,如果说过去的文学批评家仅仅把蒙哥马利的作品看成是小姑娘们爱读的畅销书,居高临下地夸上几句然后一笔带过的话,那么,20世纪70年代以来,人们在她的作品里发现了新的"时代精神"。弗洛伊德的门徒把安妮与其他女主人公作为实例细细解剖,用以证实他们的理论;女权主义者又把这些人物用来说明女子为保持完整的个性曾付出何等巨大的代价。也还有一种说法,认为《绿山墙的安妮》可贵之处在于用纯真的儿童这面镜子映照出成年人社会的荒诞与悖谬,在那个社会里,违反天性的条条框框已习以为常,个性强的儿童不愿接受反倒被视作叛逆行为。以上这种种说法都有对的一面,但也有偏颇之处。比较客观的观点是认为《安妮》一书写一只"丑小鸭"通过坚持自己认为是正确的主张,通过自己的良好行为(自我牺牲、勇于救人,等等),逐渐为周围的人所接受,人们开始看出这是一只"美丽的天鹅"。《绿山墙的安妮》也就是一部优秀的儿童文学作品。露西·莫德·蒙哥马利是一个杰出的女人,不过仍然是一位普通的乡村女教师和牧师太太。

第二天,我冒着蒙蒙细雨,步行了几英里去看爱德华太子岛大学。这所学校原来叫威尔士王子学院,蒙哥马利1894年曾在这里拿到二级教师资格证书。校园不大,没有高层建筑物,中心部位还散落着几幢维多利亚式的红砖教学楼,楼里的说明牌上说是照原来样子翻修的。校园的气氛有点像旧时上海的沪江大学或圣约翰大学。我在楼里楼外漫步了近一小时,几乎没有见到一个人,似乎是苍天有意安排,让我可以独自与莫德的幽灵相处,细细体味一个未踏进社会的女学生的多彩幻想与美丽憧憬。

我在岛上住了三夜之后按原定日程经由哈利法克斯飞往多伦多。我唯一感到遗憾的是未能看到音乐剧《绿山墙的安妮》，它要到7月才开始上演。我也曾看到广告，说卡文迪许的电影院在上映《安妮》电影，但是旅游车在每个点上只停一定的时间，不允许自由行动。到了多伦多，我想再作一次努力，哪怕看到电视剧也好。我来到约克大学图书馆的音像部，问管理员小姐能不能借阅《安妮》电视剧。她查了目录，告诉我这部片子有两种版本，一种要放八个小时（大概是电视剧），另一种是五个小时（一定是电影了），问我要看哪一种。接着又说约克大学没有，要看的话可以去北约克公共图书馆。我说我来自中国，想研究一下这部作品。这一带我不熟不知道公共图书馆在哪里，可否……我原来只想问问路怎么走，不想她马上说她们可以帮我把片子调来，并且让我指定一个时间。

第二天上午我到那里时，电影片子已经放在架子上了，一共重重的八大卷，不专门派小车去拉是拿不来的。这位小姐接着又教我怎么放，后来还教会我怎么倒片子，那是在我看完第一卷之后了。上午看了，下午又接着看，从9点一直看到4点，我脑子里挤满了小安妮的形象。我收好片子，这位管理员小姐已下班，我失去好好谢谢她的机会。不用说我这个临时访问者是没有借书证的，外国也不兴拿工作证作抵押这一套。照说加拿大是纯粹的商品经济社会，不过约克大学图书馆并未收我一分钱。单单为了约大图书馆这位不知名的女士的热情帮助，我也是应该好好地把这篇寻访记写出来的。

(1989年9月)

雪女王的警世通言

查了一下记事本，我是在1982年秋天见到玛格丽特·阿特伍德的。那是在11月16日与11月28日的晚上，都是在诗歌朗诵会上。她在台上，我在台下。第一次是在多伦多港口前沿（Harbour front）一个俱乐部的小礼堂里。那天人不舒服。一边听一边身上发冷，都没有搭理身边那位缠头巾的印度诗歌爱好者的主动攀谈。第二次是在多伦多大学"哈特楼"的教职员饭厅里。那天细雨霏霏，秋意很浓。大家从寒雨中来到灯光下诗的氛围里，都有一种温馨的感觉。阿特伍德在丹尼斯·李之后朗诵了自己的诗歌，语调很平，甚至有些冷淡与疲惫。声音也稍带点沙哑，很有"曾经沧海难为水"的味道。她天庭宽阔，嘴巴较大，面如朗月，看得出是一个聪慧的、很有主张的女子。我想起了加拿大作家山姆·索莱基告诉我的一件逸事：苏联诗人叶甫图申科早几年去加拿大访问时，曾举行诗歌朗诵会，由阿特伍德主持。会后，叶诗人为了表示感谢，更多的也许是为了表示自己的激动，扑上去要与阿特伍德拥抱。但是在格兰姆·吉布森（也就是阿特伍德的生活伴侣）的敌意眼光下与阿特伍德的冷淡的反应下，这次拥抱成了一幅表演过程的"定格摄影"。叶诗人讪讪地垂下双臂，用英语喊了一声"Snow Queen（雪女王）！"

叶诗人还是有急智，这个脱口而出的外号起得真贴切。在场的加拿大人都玩味起这两个词来，谁也没有注意诗人方才的窘态。

那次朗诵会我站在离舞台较近的地方。也许是因为我想到了什么，脸上出现异样的表情，记得阿特伍德看了我好几眼。也许她在嘀咕：一个亚洲人不去摆弄电脑，不去读工商管理的书，来听什么诗歌朗诵！

两次朗诵会上她念了什么我一点也想不起来了，但是我悟出了一个道理：在某种情况下用冷淡的口气表现激情往往更为有效。后来我也试着用这种办法译了一些她的诗歌。再后来——那是在 1988 年夏天了，在纪念诗人穆旦（查良铮）的会上，一位青年女诗人长长地喷了一口烟后，对我说："阿特伍德的诗也是不错的。"

我不知道她指的是哪一首。我没有与她细谈——我好像永远也学不会与别人倾心交谈。也许是《赛壬之歌》？在那首诗里，海妖揭示了一个永恒的秘密。也许是《"睡"的变奏》？我想不出有别的一首现代诗歌，如此动人心魄地写出了一个女子对爱人的似海深情。在诗里她说："我愿意与你一起入睡，进入/你的梦境，当它那柔滑的黑波/卷过我的头顶。"第二、三、四节也相继说"我愿意"如何如何，直到"愿做那口空气/在你身体里作片刻的逗留/我多愿自己也是那样的/不受注意，那样的须臾不可分离"。我不禁想起了我们的《折杨柳歌辞》："腹中愁不乐，愿作郎马鞭。出入擐郎臂，蹀坐郎膝边。"当然，那是游牧民族的更为粗犷的感情表露，不像阿特伍德的这样细腻，这样缱绻。《"睡"的变奏》倒像一次次进逼的涨潮，每次不尽相同，完全是肖邦 E 小调第一钢琴协奏曲第二乐章（浪漫曲）的情怀。我都不能相信这首诗是出于一个有名的女权主义者之手，她曾说男女之间的关系是"强权政治"。不过,事物是复杂的。外国评论家也说:"阿特伍德可以不带任何冷嘲地写一个女人对一个男人的爱。"诗人自己说过她不是一个悲观主义者,男女之间的关系应该是一种"快乐的关系"。

玛格丽特·阿特伍德(1939年生)是那种既有才情又知道怎样用功读书的人。她是一个昆虫学家的女儿,家里好几个人都是科学家。她得到过多种学位。最有名的原型批评派理论家诺思普·弗赖曾是她的老师(她叫他"诺列")。她在几所大学里任过教,当过编辑,也主持过加拿大作家协会(1982—1983)。她在大学念书时就出版诗集,现在已发表了十本文学批评,1972年出版的专著《幸存》是按照弗赖的"要塞命题"思想研究加拿大文学作品的主题的。除此之外,她还写了七部长篇小说与其他作品。我这里要提到的《侍女的故事》(*The Handmaid's Tale*)是她于1986年出版的第六部长篇小说。《侍女的故事》与阿特伍德别的小说不同之处在于这是一本政治幻想小说,或者如西方评论家所称的那样,是一本"反乌托邦"(dystopian)小说。这类小说,比较有名的是乔治·奥威尔的《1984》、奥·赫胥黎的《美妙的新世界》与叶·伊·扎米亚京的《我们》。这类小说都是表现人类社会可能要面临的灾祸。写这类作品总要面临两个难题。第一,作者设想的灾祸是否确有可能性与现实性。如果没有,那就会被斥为无稽之谈,出版几天后就被遗忘。第二,对恐怖的描写要恰如其分,适可而止。夸张过度反而会超过临界点,成为滑稽戏。我们可以拿这个标准来检验《侍女的故事》。

《侍女的故事》写美国在20世纪80年代发生了一次政变,原来的民主制度被推翻,建立起了一个基督教原教旨主义分子统治的"基列政权"。① 这个政权实行一夫多妻制。

阿特伍德显然是从《圣经·旧约》里得到启发的。小说的前面引了《创世记》里这样一段记载：

拉结见自己不给雅各生子，就嫉妒她姐姐，对雅各说，你给我孩子，不然我就死了。雅各向拉结生气地说，叫你不生育的是神，我岂能代替他做主呢？拉结说，有我的使女辟拉在这里，你可以与她同房，使得她生子在我膝下，我便因她也得孩子。（30章113节）

这个故事反映了古代以色列人以妾代妻生子的习俗。顺便提一句，这样的习俗在今天的以色列还没有完全消失。据今年（1989年）3月11日的《华盛顿邮报》报道，以色列的妇女仍然受到沿用了两千年的犹太法的束缚。根据犹太法，同妻子分开的丈夫可以同另一个妇女同居，甚至还可以生孩子，在某种情况下，他还可以重婚。纳妾的陋习当然不止盛行在古代的以色列。阿特伍德是个游踪很广的旅行家，她到过伊朗和阿富汗。她不会不注意到这两个国家的状况，她也在作品或访谈录里提到过。阿特伍德如果对旧时的中国有所了解，就很容易把犹太的"侍女"与中国的"侍妾"联系起来。纳妾在中国，更远更早的，我说不清楚，至少从《孟子》里"齐人有一夫一妻一妾而处一室者"这句话，也可推断早在战国时期就已经出现了。这个问题我与当今

---

① 基列（Cilead）是《旧约》里提到的古代巴勒斯坦的一个地方，亦即下面提到的雅各与其岳父拉班就如何处理他的两个妻子达成协议之处。

"阿特伍德协会"主席、美国北科罗拉多大学教授沙隆·R.威尔逊女士在魁北克的拉瓦尔大学里有过一次有趣的交谈。

要把小说的脉络理清在这儿复述一下是比较费事的,因为那里的叙述是梦游人式的,没有逻辑,也不按时间顺序。但是我想出一个讨巧的办法。在小说里,关于"基列问题第十二次国际研讨会"的报道是在结尾处。我想颠倒一下次序,先把这次会议向读者作一个简要的介绍。

阿特伍德在题名为《关于〈侍女的故事〉的历史札记》这一节中说:公元2195年,在努纽特市迪尼大学举行了一次基列问题研讨会。这次会议的主席是该校高加索人类学系主任玛安·纽蒙(新月)教授。主要发言人则是英国剑桥大学的"20—21世纪档案馆"主任詹姆士·达西·毕埃旭托。据前面提到的威尔逊教授寄给我的一篇她的论文里说,这些人名与地名都是起得饶有深意的,这个问题她与阿特伍德当面交谈过。叫新月的多半是印第安人,一个印第安族妇女如今当上了系主任。迪尼大学的校名"迪尼"则是加拿大北方一些原居民对自己族群的称呼。"努纽特"声音与"因纽特"相近,因纽特人亦即爱斯基摩人。毕埃旭托是一个葡萄牙名字,这位剑桥教授的原籍说不定是巴西。另一发言人则来自"得克萨斯共和国",看来这个早有独立之心的"孤星州"终于脱离了美利坚帝国的藩篱。总之,21世纪已成为一个多元种族的、母权制占优势的世界。高加索大男子主义咄咄逼人的局面已经一去不复返了。

主要发言人毕埃旭托教授在会上作了一个关于发现与确认《侍女的故事》录音带的报告。顺便说一句,这份报告是一篇小小的杰作,它既交代清了该交代的一切,本身又是一篇模拟戏作——它温和地挖苦了西方现时流行的学究气十足又故作风趣的学术报告。参加过国外的学术讨论会的人读这篇"报告"时准会不时发出会心的微笑。

报告人说,《侍女的故事》是他与一个同事在过去叫缅因州的地方一个城市里发掘到的,而缅因州是基列时代"妇女逃亡地下铁路"的一个中转站。他们发现一只铁箱子,里面装了三十卷录音盒带。由于发明了激光唱片,这种盒带在20世纪80—90年代已经不很流行了。为了把录音转写成文字,他们不得不请一位仿古物品制作专家特地重新做了一架旧式的放音机。录音带头上都有音乐、歌曲作为伪装,如曼托瓦尼的弦乐曲,后面则都是同一个女子的声音。从内容可以判定,这是基列政权用来繁衍人口的"生育机器"中的一个。这些带子估计是她逃亡时躲在"中转站"的什么阁楼里(从《安妮·弗兰克日记》里得到启发?)录下的。不知为什么没有能带到加拿大然后又带到英国去。也许她重新被人抓住了。

报告人接着说,众所周知,20世纪80年代,由于节制生育、性病、艾滋病等原因,也因为环境污染,高加索种人口锐减。基列政权遂宣布一些婚姻为非法(如:没有在官方教堂举行婚礼的),从而把男的迫害死,把孩子夺走,把妇女们集中起来,经过整训,分别给没有子嗣的高级官员做"侍女"。每次期限为三个月,如果三个月后仍未怀孕,就转移到另外一个"岗位"去。如果轮了三次仍无结果,便要送到殖民地去清理核垃圾。

报告人说,"生育服务"在基列政权之前便已存在,如人工授精、不育治疗、借腹怀胎等等。基列政权认为第三种方式见诸《圣经》,合乎宗教原则,便加以推广。其实,基列政权只是把旧时代美国的做法朝前推进了一步而已。美国盛行不断换妻子与情妇的"先后多妻制"。基列把它变成了"同时多妻制"。这说明，历史上的任何新制度莫不从旧制度脱胎而来，新事物绝不可能凭空产生。

报告人接着又试图考查录音带里所提到的人物和真实姓名与身份。女主人公被称为 Offred，也就是"属于弗列德"的意思（读到这里，中国人会发出苦笑，因为我们过去正是把妇女称为"王张氏""赖大家的"等等的）。据查，基列政权中有两名高级官员名为弗列德，其中一个姓渥特福特的是"温和派"的领袖之一，情况与录音带里的"大教长"有点相似。至于女主人公，由于是个小人物，便湮不可考了。从录音带里可以推测，她是在与人串联即将被发现时由"大教长"的司机救走的。这个司机估计是一个双重间谍，即既是政府的眼线又是地下组织的成员。至于女主人公后来逃了还是重新被捕，给送到殖民地还是进了妓院，这些都无法考查了。本来嘛，历史就是一大团充满了某种回音的黑暗。

报告人在掌声中结束了他的发言。掌声平息后，教授问："各位还有什么问题吗？"

读了这节《历史札记》之后，再回过头来看正文，脉络就很清楚了。幻想小说原来基本上都是一种概念的产物，作家在有了思想骨架之后再设计出人物与情节使之有血有肉。当然，赋予概念以血与肉也各有巧妙不同。《侍女的故事》作为一个故事还是很引人入胜的，这里也有悬念、暗示联想等等。但是小说之所以引人入胜，恐怕还是因为女主人公及其同类的苦难在今天的世界中确有现实的基础。威尔逊教授寄来的论文《玛格丽特·阿特伍

105

德的〈侍女的故事〉中的童话、〈圣经〉与神话交叉来源》里说,小说中写的不是人类堕落前的伊甸园,而是巴比伦,是"妇女的地狱"。笔者自己的感受是读时心神压抑,仿佛又在跟随但丁与维吉尔漫游地府。在"基列共和国"里,妇女被剥去一切化妆,赤裸裸地成为"会走路的子宫",她们活着的唯一目的就是传宗接代,而且即使生了女儿也还不能脱离苦海。一切伪装都被撕下,只剩下难以逼视的真实。而这幅图景虽有所夸大却不是虚造的,你不能安慰自己说这仅仅是一场噩梦,醒来后生活还会是那样美好。书中所写的妇女状况不仅仅在一些国家里与一些宗教力量下是现实,即使在西方,也仅仅被"先后多妻制"的纱幕优雅地遮盖起来而已。对于贩卖人口仍时有所闻的中国人来说,《侍女的故事》又岂仅仅是一部纸上的"警世通言"呢。

| 他们 |

君匋师的"麻栗子"

常常看见报上出现钱君匋先生的名字,知道他身体很好,头脑清晰,艺术上已臻炉火纯青的境地,心里非常高兴。

说起来我也算是钱老师的学生——可惜,是不成器的学生。别的,如音乐、美术欣赏能力不敢说,在书法与治印上,整个48级我要说自己是压末第二,再无人敢出来争倒数第一,那个"金牌"只好空缺着无人领了。

抗战期间,钱老师在我就读的上海位育中学兼课教音乐与美术。在当时我们这群不懂事的学生眼中,这两堂课无非是啃英语数理化之余供消遣的"小菜"。平时受压抑的顽劣天性至此时便有了充分发泄的机会。我自然不例外。而且,在我看来,钱老师为我们唱歌伴奏时在钢琴上每一下都按得很重,与我在上海音专读键盘系的姐姐的弹法颇不一样——我躺在亭子间自己的床上,常在音乐声中入梦。我的姐姐越到深夜越来劲儿。她不是弹奏几段 Chopin 的 *Nocturne*、Badarzewska 的 *The Maiden's Prayer* 和熟而变俗的 *Moonlight Sonata*,便是引吭高歌一段 Giordani 的 *Cara mio bene*。我姐姐名叫李蓉蓉,在上海基督教界有点小名气,现在已移民到美国去了,现是在教堂里给唱诗班弹伴奏。话扯远了,sorry。——这段插话有点学我所翻译的福克纳大师的风格,当然,是"东施效颦"。

还有,钱老师教唱与领唱的嗓音也未见得优美,比帕瓦罗蒂——当时只知道卡罗索和夏里亚平——差远了。因此,我必定是做出了不少有碍课堂秩序的小动作。这哪里逃得过钱老师的鹰眼!作为惩罚,他用手指关节在我额角头上叩击了若干下——上海人叫"凿麻栗子"——现在的中学生再也享受不到这种福分了,这也是时代的悲剧。钱老师肯定是手下留了情的,要是真功夫全拿出,我就活不到今天了。须知那是训练有素专攻金石的手,当然,我还是觉得很疼。

上美术课时,居然有几个同学对钱老师的美术水平表示怀疑——现在想来简直不可思议,莫非他们是刘海粟、徐悲鸿的哲嗣!钱老师气得脸色发青——变得和他身上那套极破旧的青灰色西装一个颜色,但是他又想不出办法来证明自己水平不低。这种事情本来是见仁见智,无法用数据证明的——我在一篇论诺贝尔文学奖的文章里谈到过这个问题。而对一帮不懂事的孩子,毕加索又能有什么办法呢?钱老师憋了好几分钟后,终于急中生智。他拿起一本他主持的万叶书店出版的音乐课本,对同学们说,这本书的封面是他设计的。同学们可以从左到右,也可以从上到下,将封面对折,拿到阳光底下去透视,看看上下两边的图案是否完全一致,不差分毫。这一招真灵,钱老师不愧深谙中等教育学的三昧,班上的顽童们一个个都给镇住了。不久后,便陆陆续续有同学拿了扇面与章石,请钱老师或写或刻——他们的父兄想来是知道钱老师的大名的。我的父亲当时失业——英商怡和洋行早给日本军队封掉了,他从高级职员变成一家药房职位朝不保夕的小伙计,心情哪能会舒畅。看着他镇日紧锁的眉头我当然不敢以这种雅事相扰。其实稍大后我也明白钱老师来中学兼课,一来是却不过李楚材校长的面子,二来也是为一家的稻粱谋。总之,乖巧的同学们得到的是钱老师的作品,愚鲁如我得到的却是过硬的"麻栗子"。

现在想想,倘能得到半点君匋师的真迹——哪怕是扇面的一小角也罢——我宁愿再挨几次更硬一些的"麻栗子"的。

此文若有幸为君匋师见到,还冀能博得他老人家的一粲。

附记:

君匋师见到拙文后,特地用汉简体写了一张条幅赠我,文为:"鸡声茅店月,人迹板桥霜。"笔迹冷峭于外炽热于中,使我这个不肖学生深深体味到老师对我的真挚情谊。

(1991年9月)

我所知道的萧乾
—— A Parody①

病中百无聊赖,只能斜靠在紫竹院公园长凳上翻看旧报。在周围一对对恋人的热吻唧唧声中,无意间读到老上级邹荻帆写的一篇回忆另一老上级萧乾的文章,想起自己的文债也还未清呢。但我平日除写写一本正经的论文与油腔滑调的小品,交代事情始末缘由的回忆文章倒真的还没有写过——"文革"中的那种"外调材料",记忆中也只被勒令写过一篇,短短的不到五百字,太不过瘾。由于缺乏锻炼,这篇处女作只能干巴巴地交代50年代初我所知道的萧乾(这是英语作文里惯用的题目:The ××× I Know),文采与风格是全然谈不上的。

1953年我调到在草厂胡同的《译文》编辑部(现已翻修为高耸入云的"国际饭店")参加筹备出刊时,萧乾已经在那里了。对于他,我自然是慕名已久。印象中最深的是在上海报上读到他一手挽洋夫人纤腰,一手牵大洋犬在国权路上散步的逸闻——多半是油头滑脑的小报记者在咖啡馆里杜撰出来的。他的名作《人生采访》确实是促使我报考复旦新闻系的一个主要因素。入学口试时,面对陈望道系主任的"interview",我也是这样说的。不过,等到我自己能在复旦旁边那条煤渣铺就的国权路上散步(当

---

① 英语:一篇模仿某种文体的戏谑性的文字。——编者

然是独自一人)时,"昔人已乘黄鹤去","烟波江上使人愁"。等造化安排使我在编辑部(只有一个租来的房间,而且是朝北的,四合院的正房、东西厢房是人民文学出版社的鲁迅著作编辑室)里见到萧乾时,我的"兴奋高潮"早已过去,连久仰久仰之类的客套话也说不出一句了。萧乾听说我是复旦新闻系出身,倒是"一见如故",拍了拍我的肩膀,含糊地(想必是学了伦敦的cockney)说了句"好好干"之类的话。这三个字肯定不是原话,因为这不是萧乾惯用的语言。

小报上总说萧乾如何如何一身的"英国绅士风度",可是除了他嘴上老叼着一管呸呸发响的板烟斗外,别的我实在觉察不出来。不过,他穿的那件水门汀色轧别丁风衣(当时整个北京穿的人可谓绝无仅有,且有商标为证),骑的那辆40年代老兰令(老让我联想起被伊丽莎白女王关进伦敦塔,用钻石戒指在玻璃窗上刻字的 Sir Walter Raleigh)脚踏车(商标仅依稀可辨)倒确是大不列颠的正宗货。还有他文件柜(从来不锁)里想必由海轮带回来的《美国俚语金库》与贝纳特编的《读者小百科全书》,亦是我学外国文学的启蒙读物。我当时下了班无处可去,除周末去某某机关食堂"蓬嚓嚓"之外,晚上也总在办公室瞎混,免不了要经常偷看萧乾的藏书。

说到那辆叮当乱响的老兰令,免不了要提一下萧乾蹬着它带领我(我骑的是一辆国产新车,质量却远不及它的洋cousin,所以我老落在后面,拼命追赶,由此也可知萧乾健壮如牛)去拜访冰心的事。冰心当时从日本归来不久,记得是住在闹市口(已拆光)附近的东堂子胡同(?)的一个小院子里。萧乾见了冰心,亲热地称她"大姐"。他是在北新书局当小伙计时,便曾蹬了车给初露头角的"闺秀作家"送过样书与稿费,并且"里通外国",向她透露李小峰老板克扣了她多少版税。萧乾不叫冰心大姐时,便用人称代词"您"。冰心记不住我的贱名,只好也称呼我"您"。我刚从上海来,还来不及学会与记住用尊称,所以对冰心毫无礼貌,一口一个"你",但心里却是明白又犯错误了,所以浑身冒汗,以致他们之间讲的什么老人老事,一句也听不明白——当时我对卷舌的北京土腔也不习惯。但是聊可自慰的是"失之东隅,收之桑榆"。不久后,冰心为中国青年出版社译的一部《印度童话》(书名记不真切了)转到我们编辑部。在冰心娟秀却又挺拔的笔迹上竟有不少该社编辑用触目惊心的红笔改动之处。萧乾看了之后,感叹地说:"他们真敢改!"我咂摸这五个字里包含着两层意思。一是认为当时那些小后生未免太不把老作家放在眼里了。二是觉得自愧弗如,毕竟年纪大了,革命精神不如可畏的后生(萧乾当时也是处在自觉改造思想的阶段之中)。但是我只消化领会了萧乾的第一层意思,所以我从什么名家的文章都敢改的初生之犊,逐渐蜕变成唯恐改错别人一个标点的胆小的鼠子。

萧乾还曾经蹬车带我去拜访入了中国籍的美国人西特尼·沙博理(昵称 Sid),他当时住在演乐胡同。他虽已归化,到底改不了洋人习气,没有纯毛地毯,也要在砖地上铺一片草编的地席。西特一开口寒暄,我便知道不妙,因为他的北京话比我说得漂亮多了。一口京片子,连什么地方该用"儿"也分毫不差。我想遮丑藏拙,便用我的 pidgin English(洋泾浜英语)与他交谈。在谈到美国作家艾伯特·马尔兹时,我说见到最近的外国报刊上有对他作品的"criticism"。萧乾一听,怕引起不良国际影响,赶紧解释说李先生的意思是"review",亦即书评的意思。华籍美人沙博理不愧是大纽约市律师出身,他不动声色地(像英国绅士餐桌上打翻了sauce时一样)给我打圆场,以母语使用者的权威身份说,在英语中,criticism也有评论的意思,甚至包括好评。我英语程度虽低,但如鱼饮水,话的冷暖还是能够辨知的,因此又是一身大汗。以后便脑中混沌一片,再也听不清他们之间又是英国腔又是花旗味儿的对话了。只记得萧乾嘴里的"马尔兹"在西特尼那里是"磨尔兹","法斯特"的"法",西特尼的读法和上海的"江北人"的发音一模一样,颇得扬州剃头师傅的真传。

以上便是萧乾手把手教我的"人生采访"的实录。

我当时很傻——现在也没有长进,上海人的说法是"加大年纪才活勒狗身浪"了。守着多少位学者——萧乾之后又有卞之琳、钱锺书诸公,却不知道可以虚心求教。有一次,我译了当时颇走红后来成了异端的霍华德·法斯特的短篇小说 *Dumb Swede*(《傻瑞典佬》),向《译文》"自我投稿"。萧乾校阅后,用他那一手流利潦草的浓铅笔字稍稍改动了几处,还给我时说:"你还是译得很活的。"愚鲁如我,也听得出这是鼓励而不是表扬。以我当时及至今天的水平,我只能把活的译死,哪能把死的(何况原作本来就质量平平)译活呢。又有一次,当时萧乾似乎又兼了《人民日报》副刊的编委,他向我"组稿"。我拼拼凑凑,写了一篇介绍美国画家洛克威尔·肯特的短文。文章没有什么改动居然在党报上登出来了。萧乾用他那弥勒佛般的笑容,笑眯眯地对我说,文章写得挺漂亮,他"很佩服"。我自然明白那是在安慰我,因为文章中既没有多少真材实料,又无一点真知灼见。我当时有的只是丰富的想象力与浮夸华丽的辞藻。以上所述的便是萧乾对我翻译与写作上的帮助。

　　说到美术不免要联系到音乐。这方面也有些情况可以交代。有一次作家协会——《译文》当时是作协的一个下属部门，为了欢迎新分配来的大学生，在院子里席棚底下开了一次联欢会。我可能喝了半杯啤酒，竟斗胆起哄，拉萧乾表演节目——对别的首长，杀了头我也不敢这么干。萧乾爽快地站起身来，吼叫了几句。唱的是什么国家的歌，歌词是中文还是外文，老实说我和别的听众全都听不出来。嗓音嘛，这里还是以沿用"为尊者讳"的国训为宜。不过萧乾是一位水平颇高的音乐欣赏者，这是不容置疑的。他在这方面自己写过一篇兴味盎然的文章。那篇文章里谈到他喜欢唱 Home Sweet Home 之类的小曲，也爱听亨德尔的清唱剧《弥赛亚》。前者我不清楚不敢瞎说，对后者我完全可以出庭对质。因为当时萧乾住在顶银胡同（后来我读《今古奇观》，才知道苏三的情人王金龙上京赶考时，也在这条巷子里落过脚，原来也是名胜古迹），他住南院的"西厢"（东晒，两小间），我和妻子住东厢（西晒，一小间），当中隔着住正房的陈白尘种的睡莲与"死不了"。从西厢的窗缝里常能轻轻传出那部清唱剧的 holy 味十足的声音。我也算出自音乐世家，一家有七个人吃音乐饭。所以我当时咬咬牙，用五个月工资买了一架捷克电转。但我拥有的只是奥依斯特拉赫拉的老柴小提琴协奏曲之类的苏联唱片。对于西方宗教音乐的羡慕心情，一如想吃禁果的夏娃。

　　萧乾所住的西厢外间里住着一老一少。老的是一位按北京话的说法是"土得掉渣"的蒙古族老太太，那是萧乾的"老姐姐"——萧乾对她有很深的感情，在多篇文章里提到过。少的则是一个不满十岁的混血男孩,小名够土的,叫"铁柱"。至于轻声播放《弥赛亚》的那架电唱机(想必也是从英国带回来的,不过我没有问过),则放在西厢的小北间里,那是萧乾的卧室兼书房。好在他当时独身一人,不需要太大的地方。

在《译文》工作的那几年,萧乾公私双方都很不顺心——这怕是他交厄运的起始。我当时年纪轻,又傻又愣。方才已经说了,在北京满像从大城市到农村五谷不分的臭老九,也像一个得入境问俗的老外——正应了马克·吐温的那个书名:*The Innocents Abroad*(中译为《傻子国外旅行记》)。我不会打听旁人的隐私,只是在会上听到"第三条路线""Cat Hsiao""托妻寄子""性虐狂"之类的揭发与控诉,而且都出诸道德文章为我素来钦佩与权威身份不容置疑的人士之口,说的话不由人不信。但是凭我远不如波洛的推理本领与共同人性天生拥有的常识,我的感情天平是稍稍朝萧乾一方偏斜的。但是当时通行的格言是"不该说的不传播,不该知的不打听",我采取了金人三缄其口的办法。后来证明这样的自我保护措施还是对的。由于不知不问,我至今对"萧案"的是非黑白与曲折过程,仍然懵然无知。我但愿中国也能出现不同的几种故宫金砖般厚重的萧乾传,一如英美的《乔伊斯传》《亨利·詹姆士传》《萧伯纳传》——它们一部厚于一部——好让我潜心比较研究,参照自己的第一手材料,写出一篇漂漂亮亮的考证文章,以飨《读书》杂志的读者。

在当时,萧乾和我的"公分母"是翻译与编辑,在这方面我理应再说上几句。记得萧乾当时选译了捷克小说《好兵帅克》的片段给《译文》发表。别以为我会在这里吹捧译文之精妙,那是不符合要求的。我想说的是在发表《好兵帅克》的同时,刊物上登了捷克名画家约·拉达所作的一幅哈谢克速写像。胖乎乎的,手握一管板烟斗,在潜心写作。一位据说"《大公报》时期"就认识萧乾多年,和他的关系比我不知深多少的女编辑——嘴里不说,但大家肚子里对她的一致看法是"刀子嘴东洋美人脸"——见到画像后,笑眯眯地——她想要做的时候笑得真叫甜——对我说:"真像萧乾!"我对这句话极表赞同,认为是她所讲过的千言万语中最最接近真理的一句。为了证明吾言之不谬,我建议丁聪根据萧乾年轻时的照片,画一幅姿势相仿的画像,与拉达的画同时刊出,让读者自己评判。

我翻译所用的语言,有人觉得太杂,其中既有粤语,也有上海闲话和北京土腔。不妨交个底,这是跟萧乾学的。我有一次——这可是罕有的例外——在翻译语言上向萧乾请教。他先夸奖了张谷若老先生一番,说张老译哈代时用了山东话"俺",极其传神。接着又说:"我只要感到合适,该用什么语言就用什么语言,对所有方言全都来者不拒。方言里有些独特表现方式,妙不可言,光用普通话与北京话有时会使自己的文章缺少光彩。"我当时听了便心悦臣服。萧乾的这个翻译理论对我翻译与写作风格——如果真有这么回事的话——的形成可以说影响至巨。

我与萧乾关系不算深,绝非他的好部属、忘年交与得意门生,绝对谈不上是他的"小集团"中的×大金刚,至少没有这样的自我感觉。不过我和他一样喜欢过里柯克、哈谢克之流的幽默作家——但现在我又嫌他们过于浮浅,更欣赏斯威夫特硫酸味很冲的文笔了。尽管我们之间没有什么带有颜色的关系,但毕竟认识多年——快四十年了吧。要深挖细找,可以写写的材料也该说还多少会有一些。不过我最近查出有糖尿病,更加上心律不齐与频发性早搏，医嘱不能过于劳累多用脑筋。能不能今天先写到这里，仅限于《译文》草创时期我所了解的萧乾，别方面的问题，请容许我身体稍好时再边想边写。

(1991年9月)

听余光中讲笑话

9月5日下午3时,诗人余光中由高雄转港抵京——这是他四十多年来首次回大陆。当天下午6时,我在中国作协新开的"文采阁"餐厅见到了他。

在席上,余先生讲了一个笑话,现原封不动转述如下:

前几年,诗人辛笛去港,在香港中文大学作了一次讲演。他口音极重,韩昌黎的"昌黎",港仔听不清是哪两个字,于是便交头接耳互相询问起来。有一个"叻仔"对同学说:"系Charlie呃!"故事便由此发展开去。

韩愈要出国,去印名片。店里问他英文名字怎么称呼。韩愈说,人家都叫我"却利",那就印成"Charlie Han"吧。

孔夫子也要出国,去文具店印名片。老板也问他英文名字怎么印。这一问倒把孔夫子难住了。当然,西方人都叫他Confucius。但那是尊敬他给他起的拟拉丁文的名字,自己这么称未免狂妄。到底叫什么好呢?于是他便问老板别的文人来印过名片没有,他们的名字英文是怎么写的。老板说,韩愈来印过,英文印的是"Charlie Han"。杜甫也来印过,英文是"Jimmy Du"(杜子美)。先生不是叫仲尼吗?叫"Johny(尊尼)Kong"最合适不过了。

余先生这次是应中国社科院外文所之请来访问的。9月8日上午他在外文所作了关于"龚自珍（1792—1841）与雪莱（1792—1822）"的学术讲演。

附记：

此文为余数年前所写。编入本文集时忽然想起，倘按逆向思维，将中国人名字按意思译，也颇有趣。这样，余光中就可以译成"Yu the Brightest"——是不是有点"狮心理查"Richard Coeur de Lion 的气派？李文俊则成为"Belles Lettres Li"——美文·李；而蒋公介石则成了"摇滚"味颇重的"Hard Rock Chiang"了。一笑。

（2000年8月附记）

同伙记趣

但丁说过一句话:"没有比在苦难中回忆幸福更为痛苦的了。"这句话总让我联想起一个"实例":李斯在被处决前与儿子抱头痛哭,说:"吾欲与若复牵黄犬,俱出上蔡东门逐狡兔,岂可得乎!"但是能否设想一下,若是颠倒过来,情况又是如何?

与李斯比,我自觉已是非常非常的幸福了。所以,遇到有人在我面前慷慨陈词,痛斥"脑体倒挂""出现了百万元户"时,我大抵是心如古井,波澜不起。要发财,趁早改行去呀!想想当年是什么滋味?人得学会知足才是。如今坐拥书城,只要不拉闸停电,身体吃得消,尽可读到东方既白。偶尔还能领到几文稿费,买点酒菜。几杯下肚,有一搭没一搭(时醒时睡之故也)地看看人家电视剧编得有多可笑。人生至此,更欲何求?虽南面王不易也。

现在是连友人赠送的著译都看不过来了。遥想当年在河南干校(离上蔡不远),连大学问家钱锺书、杨绛先生都要向小子我借书看呢。

那是一本极普通的书,袖珍本的 *David Cooperfield*,是我念大学时在上海旧书店里"淘"来的。书前有签名与注明的日期为证:1950 年 12 月 31 日。因为本子小,下干校时往木板箱里一塞,"夹带"了下去。

最近重读《干校六记》,在最末尾处,杨绛先生写道:在干校的后期，空气不那么紧张了，"箱子里带的工具书和笔记本可以拿出来阅读。……同伙暗中流通的书，都值得再读（该书65页）"。这使我想起，我的那本《大卫·科波菲尔》原本，当时曾用旧报纸包了，在朱虹和钱、杨二位之间传阅过——当然，读时手边还得备好一本小册子或是《红旗》，以便遇到"有情况"时拉过来作掩护。

今天，我特从书堆里把那本带去干校又带回来的袖珍本找出来，一页一页地翻了一遍。我记得上面有钱先生留下的笔迹，果然，我没有记错。

我发现在十数处，都有用蓝圆珠笔在正文侧边点的小圆圈——我相信这是钱先生点的。至于说明什么，那只有钱先生自己知道了。有几个地方则用铅笔打了"×"号。如在第二十五章《吉神和凶神》里艾妮斯说的那段话的旁边（原书372页）："假如我能使他恢复起来该多好呵，因为我已经不知不觉地成为他衰老的原因了！"翻过去一页，在这样一句话旁边又出现了一个"？"号："还有别的客人——我觉得都像酒一般临时冰过了。"在377页的"and he point-blank refused to do it"的"point-blank"下，用铅笔画了一道，并在旁边打了个"×"，像是认为狄更斯此词用得不甚妥当。（此处中译借用董秋斯先生译文，下同。）

在388页下端，出现了铅笔写的一个"好"字，看得出是钱先生的字。所夸奖的这一句，是书中反面人物尤利亚的话："'噢，我是多么高兴，你不曾忘记！'尤利亚叫道。'想一下，你是在我卑贱的胸中燃起希望的火花的第一个，而你并不曾忘记！噢！——你肯再赏给我一杯咖啡吗？'"读过《大卫·科波菲尔》的朋友想必记得，这一章对"小人得志""讨了便宜还要卖乖"

的尤利亚作了极其出色的刻画。

　　在四十八章 Domestic（家务）的左上角，钱先生写了一个"看"字，显然是建议在他之后会读此书的杨先生着重欣赏。四十九章《我堕入迷雾》左侧也有一个"看"字。五十章《辟果提先生的梦想成为事实》不但左侧有"看"，右侧还多了一个"√"号。五十二章《我参加了一场火山爆发》也受到同样的优遇。五十三章《又一度四顾》左侧一连有三个用红铅笔打的"√"号。五十四章《密考伯先生的事务》边上又是一个"看"与一个"√"。第五十六章《新伤与旧伤》左面有"看""√"，右面则是三个字："见黑本"。起初我琢磨了好半天也不明白这是什么意思，后来联系到《干校六记》中的那句话："箱子里带的工具书和笔记本可以拿出来阅读"，才敢推断这"黑本"准是钱先生内容丰富的黑色封面笔记本（《管锥编》中许多内容想必也出自此）中的一册。

　　原书第五十七章《移居海外的人们》左侧还是一个"看"与"√"。看来，这几章是狄更斯全书写得最好的部分之一。此外，还有一些"？"与"×"号，散见全书各处。我要把评批文字最多的一处留在最后说。那是在原书的第 586 页上（第四十章《流浪者》里）。在 when she was a child……那一段的侧边，一种铅笔字迹写道："she 指何人当查清。"紧底下则是另一种铅笔字迹："即甥女！"那惊叹号打得真用力，我怀疑铅笔头会断，跃然纸上的是这样一种口气：嗔怪前面那位聪明一世糊涂一时，居然连这点都不知道？！据我平素对钱、杨两位笔迹的了解，前一种该是钱先生的，后一种则无疑是杨先生的。联系到《干校六记》中说"默存向来不会认路"，这种"小事糊涂"倒是很符合钱先生的性格的。

随着对我年轻时购买的小书的一页页的翻动,夜逐渐深了。干校的种种琐事也一一泛上心头。又是二十年过去了,小书上因缘时会得到的两位先生的铅笔批注怕也有难以辨认的一天。我花些力气,把它们变为可以稍久保存的铅字,恐怕还是有点必要的吧。

(1992年2月)

悼和森

5月7日,去八宝山参加与和森遗体告别的仪式。我们复旦新闻系52届的同学又少了一个!

见到花丛中和森那消瘦的脸,我禁不住要诅咒"无常"的残酷。因为我一合眼,在面前的仿佛还是四十多年前初次相遇时的那个美少年。那是1948年的秋天,我与和森(当时的名字是蒋荷生)作为新生报到后被分配在淞庄的同一间宿舍里,他穿一套米青色中山服,虽是卡其布料的但显得很干净挺括。他头发天然呈波浪状,眼睛大而亮,有点口吃,但是声音柔和悦耳。后来我看电影《凤凰琴》便想到了和森。因为他也有一架这样的琴,是从海安家中带来的,晚上无事总要拿出来抚弄一阵。他一定是想家了。他是独子,看得出是很受钟爱的。

他是班上唯一的烟民,曾用后来吐出的小烟圈如何钻进早有的大烟圈为内容,写过一首小诗,构思颇巧妙。他国学底子是班上最厚的一个。当时我们听郭绍虞先生的修辞学课,因举的例都是古文,有点招架不住,想提意见。他认为没有必要。同学们成立了一个文学社团,出了若干期壁报。上面大部分的篇幅是他的小说连载。壁报一出总受到低年级同学的围观与赞赏,其中的一位女生后来成了他的夫人。

我和他有一点相同,那就是念新闻系后来却不想从事新闻工作,我当了一名外国文学编辑,他成了有名的红学家,是博士生导师，还著有两部长篇小说。听说有几年复旦文科的学生很为出了他这样一位老校友感到光荣，这是应该的。和森有天分，底子厚，也用功，做他心爱的工作时一丝不苟，这从他的文稿上也可以看出来。他字字端正秀丽。我写他的"荷"字时总把当中的"口"画成一个鸡蛋般的圆圈。他见到了总是又好气又好笑。

在这样的场合说笑话照说是不够厚道。但和森是达人，不会怪罪我的，我就放肆了。50年代初，报上开始批判胡风，同学间免不了也谈论。一次，几个同学走在复旦大门对面某某钱庄俱乐部的小花园里，和森说起这件事。他说："胡——胡——胡——"，因为口吃，下面的字吐不出来。我要弄小聪明，抢过话头说："你'胡'还未说完，'风'倒先吹出来了。"他先是一愣，接着扑哧一笑，说："我承认你这句话说得很妙。"

不知是什么原因，同学间这样的调侃打趣越来越少了，转瞬四十多年过去，我们一个个都由少年变成了老人，有几位更是过早离开了人世。但活着的还得像克利斯朵夫那样背着圣婴过河。那天，在见到和森夫人时我对她说："要好好地活下去！"

(1996年6月)

想起汝龙先生

前些时河南一家《中学生阅读》的女编辑来访,要我推荐几位翻译家,以便她们在刊物上向小读者介绍。我当时几乎要脱口说出"汝龙"这个名字。接着记起她说过还要请翻译家自己写文章"现身说法",那自然是得健在人世的了。于是又想了想,另换了几位。

回想我自己当中学生梦想有一天能成为文学翻译家时,念得最多的恐怕就是汝龙先生的译文了。平明出版社那时一本本出汝先生译的契诃夫小说集,我几乎是出一本买一本。像"糟心透了"这样的北方口语,我是第一次在汝龙的译文里读到的。我后来听说汝先生当过中学教员,总之是个普通人。由这样一位熟悉普通人心理的普通人来翻译写凡人小事的契诃夫,的确很传神。后来我见到汝先生,大脑袋,眼睛微笑着眯成了一条缝,但是里面的眼珠很亮。他与傅雷先生是不一样的两种类型。傅先生号"怒庵"或"怒安",曾因见解不同从某学院拂袖而去。50年代傅先生来京,《世界文学》编辑部曾请他来座谈。他一个人侃侃而谈,根本没想到在座的也可能有个把高人,是有点目中无人的样子。有这种性格的人是会在一定场合下走那条不算是路的路的,而且还带上夫人,以死抗争。现在想想,还是鲁迅先生提倡的"韧性战斗"更为高明。傅先生当时倘能更超脱一些,稍稍站到"自我"之外一些,那样就好了。当然,这是时过境迁后的"站着说话不腰疼",不能作数的。

话头还是回到汝龙这边。50年代初,知识分子都要求进步,散在社会上的一些专业翻译家坐不住了,也希望有个地方能"管管"他们。作协把这件事交给了《译文》编辑部。于是每隔一两个星期,便有几位翻译家来和我们一起参加政治学习。我也因此而见到了汝先生,一起来的有高植,是不是有芳信或别人,不记得了。会上他听人念文件材料、听大伙儿发言,自己很少讲话。他还和我们一起参加义务劳动,是在钓鱼台宾馆或人民大会堂工地上扛木料与清除渣土。汝先生当时怕有四五十岁了吧,我印象中他体力与劳动态度是不错的。

在休息时,他点燃了烟,我和他闲聊。他说他是苏州人,只不过在外面时间久了,所以惯用北方话。他是姓汝,叫及人。当时出了一本《契诃夫论文学》,也是他编译的,我买来读了。他说,里面有些地方看看没什么,仔细咂摸还有点意思。当时流行的是苏联那些摆出架子、板起面孔写的文章,像这类文字便显得"没有理论性"了。但汝先生也是在认真学习。不久后作协召开一次契诃夫纪念会,会上汝先生念了他写的一篇纪念文,那里面也有理论,但跟苏联论文比起来,人情味强多了。此文后来发表在《文艺报》上。

汝先生告诉我他住在达智营,是在西单的西面。后来这里拆了许多旧房盖起民族文化宫。他是否搬了家,搬迁的新址又在哪里我就不清楚了。他说达智营是小胡同,他原来有意在香山(还是西山?)脚下买一个小院落,在里面安安静静多译些书,后来打消了这个念头。我想这总是怕与当时的形势不合调有关吧。

我跟汝先生说除了喜欢契诃夫小说,我也很喜欢他收在集子里的那些杂七杂八的旁人回忆、评论契诃夫的文章。他说他为收集这类文字很花了一些工夫。我自己后来也注意收集有关别的作家的同类材料,现在想来也与中学时代读书潜移默化受到的影响有关。

汝先生注意到我爱喝浓茶,红茶叶总占大半个杯子。他问我为什么不用宜兴茶壶。我说机关里捧着把小茶壶嘴对着啜,像遗老遗少,"像苏州人"。他听了眼睛又是笑成了一条缝。

几位翻译家参加了几个月的学习后,便不来了。可能是因为机关里又要搞运动,有些事总得"内外有别"吧。那以后,整个翻译界也是一片沉寂,这种形势要到70年代末召开广州外国文学会议时才有所改变。

我不了解汝先生"文革"中的境况如何,只听说曾被迫交出多年积蓄。从《契诃夫文集》一直出了十几卷来看,他历经磨难后还是能够工作下去的。我想这与他的性格与地位有关。他不是头面人物,也许正因此躲开了更重大的打击。1991年7月他因病去世。外国文学界与翻译界似乎有点冷落了他,我想是。他没有"派系",不是哪家出版社的老班底,也没有从莫大、列大学成而归。他原来从英文译俄苏文学,后来才学的俄文。这样的人往往处在"阴阳两界"之间。倒是萧乾先生常在文章里提到他。最近我又见到巴金先生在《译文全集第一卷代跋》里感情强烈地说起汝先生:"一张大大的圆脸,一连串朗朗的笑声,坦率、真诚,他对人讲话,仿佛把心也给了别人似的……他热爱翻译,每天通宵工作,即使在'文革'期间受虐待的恶劣条件下,他仍然坚持翻译契诃夫全集,他让中国读者懂得热爱那位反对庸俗的俄罗斯作家。他为翻译事业奉献了自己的下半生,奉献了一切,甚至他的健康。他配得上翻译家这个称号。"

是巴老的这一段话,促使我写下了以上的这些文字。

(1996年9月)

忆徐迟先生

去年年底，得知徐迟先生去世的噩耗，后来又听到一些传闻。今年年初，我买到他1991年出版的游记《美国，一个秋天的旅行》。读到129页时，我吃了一惊。130页上徐迟进一步的抒发更使我吃惊。还有215页上的感慨。是不是高空对诗人有一种不可抵挡的诱惑力呢？想着想着——自然是得不出明确的解释的——对先生的一些印象从我记忆深处浮了上来。

见到徐迟先生是在1956年他从外文局调到作协来筹备《诗刊》之后的事了。这以前，当然是看过他的作品的——主要是译作，如《巴黎的陷落》。好像是他，力主《诗刊》采用"横大32开"的版面，并且保留毛边的，也确实出过几期这样的《诗刊》，空白很多，大方，美观。但总有人出来批评太浪费，印刷厂也说纸切成这样大小操作不便，终于反掉了。徐迟当时与艾青，好像还有沙鸥，一起进进出出，搭起《诗刊》编辑部不大的班子，风风火火，很起劲的样子。但是当时是"春秋战国"，不知怎么一来又要批判艾青了。徐迟也许是不得不发言吧。有一次会上，徐迟"揭发"说，艾青"用肚子"把一位读者从自己房间"顶出去"，因为艾青要出门了（看来这读者也是个难缠的主儿）。那位读者问艾青，那么你是谁。艾青幽了一默，说："我是艾青的哥哥。"

在一次欢迎聂鲁达来华访问的会上，徐迟朗诵了聂鲁达的一首诗，是描写市场的热闹场面的。诗里有"秤称着"这样的句子，因为是两个 cheng 字，声却不同。徐迟是南方人，怕别人听不清，便用手做了个打秤的姿势。其实智利人恐怕是不用杆儿秤的。那次盛会（记得是在台基厂的国际俱乐部，要不就在友协）最引人注目的还不是聂鲁达，而是画家万徒勒里的夫人。她坐在主席台上顾盼自如，俯仰合度，而每一个姿势都是一幅画，使我想起聂鲁达在一篇散文里谈到西班牙裔的美女（但过了中年都变得臃肿），说一见到她们男人就会"晕倒"。当时大家都那么年轻，包括留两撇小胡子的萧三在内。艾青打趣聂鲁达姓聂，"有三个耳朵"的笑话，好像就是当时说的。

文联大楼在王府大街，往南往东走不远，便是和平宾馆，那里附设一家咖啡屋。有天中午我和妻子走到那里，看见徐迟和一位气度不凡的中年妇女也在。徐迟介绍说那是他的姐姐——大概就是伍修权将军的夫人了。因为大家都是"广义"的上海人，徐迟便说了句笑话："上海人邪气多。"接着又解释说，有两层意思：一是上海人非常多，二是上海人够邪门的。他姐姐听了抿住嘴浅浅一笑，想必弟弟这句俏皮话她听到已不止一次。

又有一天中午，我兴冲冲地从外文书店取了订购的两张苏联唱片，回到文联大楼，徐迟在楼梯过厅看别人打乒乓球。见到我挟着唱片，便要过去看，"哦，是 Appassionata！[①]"接着问我用什么机器听。我房间总共不到十平方米，自然不会有什么好设备。他说："这没法听。像马思聪家，好大房间，四个角落都挂了大音箱。那才够味儿呢！"

[①] 意大利语：《热情奏鸣曲》，贝多芬作。

这以后，我"转入"了学术界，记得除了一次便没有机会见到徐迟了。是前年吧，我买了他的《江南小镇》，读得津津有味——唯一的缺憾是引了太多的乔冠华的国际评论。后来见到《尤利西斯》的译者金隄，他的口音使我想到徐迟。一问，果不其然，他们是同乡，徐迟还教过他，教的不是别的课，而是音乐。金隄走上文学翻译的路，说不定也与徐迟有关吧。

还有一个共同点可以使我厚着脸皮"忝列知己"，那就是对福克纳的喜爱。去年在《光明日报》上读到徐迟的一篇散文，里面写道："在华盛顿大使馆旁边，过一座桥，地铁对过的旧书店太可爱了，一个下午我在里面翻箱倒柜似的搜索了一遍，买了六本书回来，主要的收获是福克纳的《八月的光》和评论这本书的一本书。"在他的《美国，一个秋天的旅行》里，徐先生用差不多四页的篇幅叙述了《八月里的光明》（这是他的另一个译法）的主要内容以及他的读后感。

1995年，我应一家出版社之约编一本北美散文集。因为想收徐先生译的《瓦尔登湖》里的一章，我去信征求他的意见，回信是这样的："文俊：你好！同意你们选用《瓦尔登湖》'读书'一章，不再修改了。谢谢你们，版权方面即以此为凭。祝好！徐迟"。使我稍稍不安的是没有写日期（信封上的邮戳是95/11/12），而且信封上也有点不寻常，写的是："李文俊先生（好！）收"。徐先生身体怎么样？精神愉快否？因为我当时也已听到一些婚姻纠缠上的传言。

我自然不可能知道徐先生去世前的身心状态。但是我以下所提供的线索，也许对他周围的人进一步了解能有些帮助。在《美国，一个秋天的旅行》里，徐先生写道："我所站立之地，叫做

'天空甲板',我将从那儿跨到哪里去呢?"(129页)在下一页,徐先生更详尽与动感情地写道(在音乐里该叫作"发展部"了):"从天空甲板上,可以远眺湛蓝、宁静、浩茫的密执安湖和芝加哥全城风光,我漫步在天空甲板上,平视苍穹,云海星河,历历在目。我在天空甲板上,遗世而独立。它虽不如珠穆朗玛峰之高,我却在人工高楼之巅。我已在现代化建筑的最高处,一览众厦小。我问我自己,从这天空甲板,我将一脚跨到哪里去呢?"

1996年12月12日的深夜,在医院楼上,失聪的徐迟先生听到了什么,是贝多芬的 *Appassionata* 吗?艾弥尔·吉列尔斯演奏的那两张旧唱片,至今还搁在我柜子的角落里呢。

(1997年1月)

各有稻粱谋

其实关于亦代先生我早就应该写一篇文章了。几年前的一次集会上,遇到《文汇报》的陈可雄先生,他说:"你与冯先生有点像的嘛。"我半晌反应不过来。单从外表上说,我平凡得像一粒芥尘,而冯先生风度翩翩。50年代我初次见到四十出头的冯先生时,只觉得眼前一亮,又听他那口半软不硬的杭州官话,马上想到"浊世佳公子"这几个字。心想写下"金粉东南十五州"的龚定庵,当年也必定是这个样子吧。龚自珍是仁和人,冯先生与他同乡。当时倒没有想到诗的下一句"万重恩怨属名流"。不想他稍后也罹了"丁酉之灾"。而像我这样的小人物(在卓别林那里,该叫作"liffle fellow"),人一多,就给捋到名册之外去了(后来听说当时内部排队,区区仅忝列"右倾"一类)。

别处的右派如何进攻我不清楚。单就我所接触到的人里,有一些当上右派,纯属误会。我们单位原来有一位老先生,抗战期间曾在进步单位任事,只是没有入党。他常在我们面前感叹:某某人当年吃不上饭,还是由我接济的呢。今天住房不一样了,小车一坐,纱帘一隔,不理人了。去找他,还得经过秘书。想想也是,过去在大后方竹棚里一起打地铺,都是"脚碰脚"的穷文友。如今一个在台上哼哼哈哈,另一个坐在下面听训。当年"苟富贵勿相忘"的话不提了,正如"狗剩"之类的小名不让叫了一样。老朋友肚子里有气,一遇有机会鸣放自然免不了要感情用事。冯先生与我不是一个单位,具体情况不知。依稀听说他是刚从外地出差回来,就被领导请去主持会议,却不料"恰巧"陷了进去。罪名里重要的一条是妄图篡夺作协领导权。我不太明白,这样的权即使夺了过来,无非就是出国多几次,弯转得大些,外汇多花掉些,再不就是在海滨休养所从春天赖到秋天而已。此权不篡也罢。

话头拉回来,还是先说我是怎样认识冯先生的。记不得是1955年还是1956年,萧乾先生应聘主持《人民日报》副刊。萧先生提携我,让我写稿。我先写一介绍美国画家肯特的小文,配画登了,着实让我高兴了几天。于是头脑发热,又写一篇,是嘲笑海明威和出版商为稿费打官司的——不想成了今天中国的现实。也配了美国的一幅漫画:摄影师为一商人模样者照相,商人不笑,摄影师不说"say cheese",却说"想想钱吧"。这篇小文也登了。不想不久后《人民日报》发表了冯先生的批评文章,认为海明威抗议剥削,是天经地义的事,嘲笑是不对的。我想想也是,其实我并不反对作者多拿稿费,这是自己的阶级地位所决定的。于是便给报社与冯先生各去一信,表示接受批评。这以后冯先生邀我去他府上聚聚。我记得那是在西四羊市大街上挺气派的一个四合院里。冯先生住正房,他当时状况还算顺。做伴的有袁可嘉先生。冯先生说他夫人又陪团去奥地利了,因此晚餐以冷菜熟食为主。

这以后再联系,是冯先生摘帽之后的事了。我有时选了些短文,便请冯先生翻译。有一篇至今仍常为选家看中,即挪威的一位女作家所写的散文。我当时年幼无知,会对译文胡乱作些改动,冯先生虽然也嘟哝几句,也不大在乎。再以后狂风骤雨,每个人都像纸折的小舟在风雨中飘摇,时刻提防翻船,就谁也顾不上谁了。终于有一天风止浪静,冯先生又撑了阳伞流着汗(当时他是六十多岁的人了),一次次到社科院与和平里舍下来,主要是为编一本美国现代短篇小说集的事。书是印出来了,但是冯先生写的一篇序却没有用。现在想想,我们几个有关的人都不大懂事。从这个角度说,与从那个角度说,又有什么区别呢?许多界域都是人给自己置定的。为这样事起了风波,实在是不值得。好在冯先生天性豁达。他不但对此事无所谓,却反而为编辑费的事去奔波。最后我还分到二百多元。另一件事,也可看出冯先生人品。我编《福克纳评论集》,原想从冯先生正在译的一本书里选上一章。后来读来读去,读不出个所以然,便还给了冯先生,上面却已用红笔涂涂改改,弄得很难看。换了某些人定会勃然大怒,冯先生却毫无芥蒂。这以后,我们一直合作得很愉快。我编书,冯先生总是支持,我也曾帮他跑腿,编过一套书。可惜出版社不使劲儿"炒作",知道的人不多。总之,与冯先生来往,你可以不用设防。他不会害人,似乎也不妒忌别人。我从未听他说别人坏话,有时真的免不了要做些评论,最重的话也仅仅是:"此人是不做事的"或是"这个人内圆外方"。

近年来,冯先生译得少了,写得却多了,使我们的散文作者群里,出现了一颗亮星。他见得多,阅历丰富,为人宽厚,持论公正。国学方面既有根基,也知晓西方世界的事。因此文章不褊狭,没有挟私愤之嫌;也不一惊一乍,显得少见多怪。他深情却不会自作多情,把自己看作天下第一美女或头号才子。我读他的每一篇文章,都感到有收获,有兴味。也许因此而止不住技痒,"破门"而出也来上几篇,当然是邯郸学步。可雄先生说我们像，那是抬举我。当然，从大处说，我们正如杜工部在《同诸公登慈恩寺塔》里所说的，都算"各有稻粱谋"的随阳雁就是了。

(1997年7月)

"钢琴！钢琴！"

我在前些时写的一篇文章里提到，50年代傅雷先生曾到《世界文学》来与编辑部同人谈过一次话，具体时间记不清了。最近，读到徐铸成师（他在复旦新闻系教过我一个学期）的回忆录，知道1957年来北京听关于人民内部矛盾的报告时，傅雷先生是和他一起来的。那么，傅雷光临编辑部，也必定是那年春天的事了。我印象中傅先生那次一个人说了一个多小时，确实有点"知无不言，言无不尽"的气势，想来与当时大气候有关。

也怪自己资质鲁钝，傅先生所讲的内容，竟几乎都记不得了。唯独他在批评译文缺点时举的一个例子，却一直留在脑海里。

傅先生的话大意是：

> 儿子（应该是指傅聪，傅敏当时还小）爱看看翻译小说，我自己是没有时间看的。有一天见沙发上合扑放了本儿子看到一半的短篇小说集，随手拿起来翻翻。只见译本里写道，一个人在弹钢琴，另一个人在旁边听。旁边那人忽然叫起来："钢琴！钢琴！"我感到莫名其妙，知道必定有讹错。想了想就明白了。这人叫的，原文定是"piano"或是别的语言里相对应的词。译者不知道，这个源出意大利语的"piano"，最初的意思是"轻柔、安静、弱音"，后来与"forte"

（强音）联在一起，组成一个词，即是"钢琴"，意思是这种乐器既可弱奏亦可强奏，简直无所不能。后来又以前半截简称。小说里旁边听的人认为弹琴者这一乐段没有处理好，不应强奏，故而叫了两声"弱奏！弱奏！"小说译者不懂音乐，又没有查书，望文生义，译成"钢琴"，结果闹了笑话。

傅先生那天意气风发，妙语如珠，可惜我只记住了这一个例子。当然，倘若"深挖细找"，还是能说出一些的。但我怕那是从别处读的傅先生论翻译的文章里"串"来的，所以还是就此打住。傅先生提到的那个译本，出自我非常崇敬的一位翻译家之手，名字就不提了，辛辛苦苦译了几百万字，有点小疵，在所难免，任谁的译文，要挑毛病总是挑得出的。现在想起傅先生讲的这件事，又不免与他监督傅聪练琴的事"串"到一起。人生就是这样的扑朔离奇。

另外，后又想起自己与傅雷先生有关的两件事，不妨附带在这里说一说，也算给研究者提供点原始材料。

一件是《译文》打算用傅先生为人民文学出版社译的巴尔扎克中篇小说《都尔的本堂神父》，编辑部让我写一封信征求同意，并询问拟将"序"用作"前言"，是否可以，还有需修改之处否。后接到傅先生毛笔写的中式信笺复函，说同意，表示感谢。"序"亦无需改之处。可惜这封信没有能留下来。

另一件，大约是在 1956 年，因为我查了资料，知道莫扎特生于 1756 年，死于 1791 年，因此这必定是纪念他出生二百周年时的事。记得一次在作协食堂吃饭，《文艺报》负责外国文艺的刘艾莲（北大毕业）见到我，随便问了一句："《文艺报》想请人写纪念莫扎特的文章,你看请谁写合适?"我说,音乐界当然有人可以写,但写出来怕专业性太强,《文艺报》读者不一定爱看。我看,傅雷对古典音乐很熟,文笔又好,不如请他。这之后不久,《文艺报》果然登出了傅雷先生写的纪念莫扎特的文章,大约有三四千字。文笔自然是好的,且无八股气,很有个性。具体内容与观点现在记不得了,好在傅雷先生文集里一定收有此文,有兴趣者可以去查看。

(1998年3月)

天末怀咸荣

最近,译林出版社出版了施咸荣先生的《西窗集》,并在中央民族大学与该校的外国语学院联合召开了一次座谈会。之所以与该学院有关,是因为施咸荣先生的家人,将咸荣从美国带回来的七百多本美国文学书籍捐献给了该学院。我想凡事均有因缘,这一件事,必定与院长郭英剑先生自己在美国现代文学研究方面的造诣不无关系,他对咸荣必定是仰慕已久了吧。

在会上遇到了许多老朋友,也见到了过去闻名却一直未能见面的人,如作协的负责人陈建功先生。他与施咸荣、施亮父子两代人都是好友。在他首先发言,回忆了与咸荣相交的一些往事后,我也抑制不住心潮澎湃,讲了几句。我先从杜甫的《天末怀李白》一诗说起,引了其中的"文章憎命达,魑魅喜人过"两句,借以叹恨"天妒英才",无端夺去外国文学界去世时还并不算年迈的一位健将的生命。接着我历举了自己几十年来与咸荣的交往。记得早在1954年,咸荣与我以及佩芬,都曾作为"记录员",参加了全国第一次翻译会议的工作。其实在这之前我对他可谓"慕名已久"。我曾在1952年某期的《翻译通报》上读到咸荣所写批评袁水拍从英文转译的苏联小说《旗手》(冈察尔作)的文章,说他通过对照两种文字,光读了一百页,便发现许多"硬伤",接着便列举了其中一些较为突出的例子,如将"slyly"看成"shyly"。听说袁水拍读到批评文章后一怒之下曾扬言这一辈子再也不搞翻译了。其实袁水拍大可不必。因为据我看来，单就他将苏格兰诗人彭斯的名诗 My Heart's in the Highlands 的首句译成"我的心呀在高原"，便能算是在中国译诗方面立下一功。他将"呀"字嵌在句子的半腰中，顿使诗句音调上伏而再起，与原诗的抑扬顿挫巧相符合。而且在感情的宣泄上很符合彭斯的个性，窃以为怕是比原文还要精彩呢（倘若放在句尾，就会让人起鸡皮疙瘩了）。我查阅了后来出版的王佐良先生编选的《英国诗选》，所收此诗用的是王先生自己的译文，但首句译法与袁译并无不同。我私下琢磨，以王先生的成就与地位，这样做必定很不甘心，想来是经过多次反复推敲，实在找不出更好的译法，才不得已做出如此决定的。袁水拍译诗歌为其长处，大可不必凑热闹去转译第二流的苏联小说。

话扯远了。但因此事与我个人有点关系，不得不提。我1953年参加工作后，听编辑部熟识咸荣的一个法文编辑说起，咸荣本来有意再写一篇翻译批评，评我与两位中学同学合译的一本书。但后来不知为了什么，竟没有写。我现在想，倘若我们译的那本书，不用对照读上几页便能发现满处都是可笑可气的例子，倘若那篇文章《翻译通报》也真的刊用了，这件事会不会让一个气盛的年轻人，一怒之下，也决心从此不再涉足文学翻译呢。倘然果真这样，这某某人将走的是一条何等样的人生道路，是否能坐在这里发言，还真的很难说。

后来我与佩芬也渐渐与咸荣混熟了。当时周末各机关常办舞会，我与佩芬常去，有时能见到他与在"红十字会"工作的小杜在场上蹭着步子走——他跳得不算高明。后来小杜与他结婚，他们有了孩子。我还上他家去吃过饭。他有先见之明，比炒房大王早上七八十年，就购买了私宅。他的院子不算小，1976年唐山大地震时，他的老师罗念生先生不敢住楼房，还在他院子里搭上棚子住了好一阵。咸荣与清华教过他的老师感情都很深，对钱锺书、杨绛尤其如此。50年代我做助理编辑管英语文学时，曾约他译过一篇司各特的《一个牧人的故事》、一篇亨利·劳森的小说。前者用的是苏格兰18世纪的英语，后者则是20世纪初的澳大利亚英语。他都能应付裕如。后来我又约他译美国黑人作家吉仑斯的《于是我们听见了雷声》。黑人大兵的语言，充满了土言俚语，他"兵来将挡"，译来全不费功夫。我真佩服他这个多面手的全才。60年代时上级领导布置出版内部书。他、黄雨石，还有刘慧琴、何如和我曾合译过《在路上》（怕是第一个中文版本了吧）。他独自译的《麦田里的守望者》，出内部书时我就拜读了，因内中所用中国北方小痞子式的语言而大为折服，因为我知道他原籍宁波，在上海长大，要做到这一点自非易事。尤其让我佩服的是书中主人公常用"假模假式"一词詈骂自己瞧不起的大人的所作所为。这是个"关键词"，我觉得用得极妙。后来查了原文，知道是"phoney"，词典上的解释是"虚假""虚伪"。用"假模假式"，可谓再恰当也不过。自此之后，我便"偷着学"他，可惜至今还未能全都学到手。在他生时，我不好意思当面表白。好在那天在会上当众昭告也还不算太迟。倘若是在旧时，也许还应该将发言稿焚化，以表示诚心诚意的感激，并告慰咸荣兄在天之灵吧。

不沉的绿叶

—— 追思袁可嘉先生

去年的这个时候（2008年11月8日），袁可嘉先生在与病魔苦苦搏斗了多年后，终于在纽约离开了我们的这个世界。我没有打听他的家人在美国是怎样安置他的遗骨的，在那里，一般都有公墓可以埋葬。想必他的家人会按常规，在墓石上简单地刻上他的名字以及生卒年月日。其实早在1946年，可嘉就为自己写好了墓碑。他在一首题目就叫《墓碑》的诗里，告诉世人：

愿这诗是我的墓碑，
当生命熟透为尘埃，
当名字收拾起全存在，
独自看墓上花落花开；

说这人自远处走来，
这儿他只来过一回；
刚才卷一包山水，
去死的窗口望海！

诗人其实并没有真的死灭，他的作品与磊落的一生都活在人们的心中。而他自己呢，仅仅是在凭窗眺望海景。这一回，作为肉身的可嘉,这片一次次在多次运动中被打翻又泛起的绿叶,这九叶诗派中的一叶,终于沉落到海底,去与美丽的明珠、珊瑚和满载宝藏的沉船,为伍做伴了。他可以安息了。我总觉得他的一生有点像是漂浮在海面上的一片绿叶。潮起潮落,浪奔浪涌,一次次地将他打翻,甚至几乎要把他撕碎。但他总是一次次地翻过身来,为太阳和月亮反照出自己的那一片光芒,哪怕是有些暗淡、不无诡异的光芒。

因《译文》而结缘

算起来,我与可嘉先生相识也已超过半个世纪了。最初,是在1952年,我在北京西单大磨盘院的一个训练班里学习。院门正对面的那个院子里就包含有中宣部的"毛选"英译室。从北大英语系调去的袁先生当时便和钱锺书先生一起,在那里工作。我们是交谈过的,但是由于我比他小了将近十岁,学识阅历都浅,说不出什么有意思的话,所以只是算是认识,谈不上有什么交情。我曾在上海书店柜台上摆放的薄薄、小小的《诗创造》与《中国新诗》里,见到过他的名字,但是以我当时的水平,只能欣赏《发票贴在印花上》那样的"马凡陀山歌",并没有细读过他诗歌创作最旺盛时期的诗作。后来我进了《译文》编辑部,袁先生也调到了外文出版社从事中译英的工作,我们便开始有了些接触。我选材时读到澳大利亚作家亨利·劳森的中篇小说《把帽子传一传》,觉得不错,便在领导同意下约他译出,登在《译文》上。这可能是澳大利亚文学作品被译成中文的第一篇,至少是亨利·劳森这位大洋洲杰出的工人作家被介绍过来的第一篇。此文后来加上施咸荣译的另几篇,合在一起,编入人民文学出版社的一套袖珍版小丛书,印数是不会少的。那一个阶段,我们编辑部常会收到在中国工作的外国专家转来的外国左派作家作品,包括一位名叫玛莎·米列的美国黑人女诗人的诗歌。我曾请袁先生从中选译了一些,发表在刊物上。以后他与米列有多次书信来往,收到她更多的作品,遂编译了一本《米列诗选》,给新文艺出版社出版。这些都是与我有点关系的、袁先生在新中国成立初期最早出版的译作,姑且在这里记上一笔。

记得还曾按领导指示,约他写过一篇批判赛珍珠《北京来信》的文章。但不知为什么没有通过,可能是觉得他的批判还不够"有力"吧。后来又约了名气更大、地位更高的刘思慕先生另外写了一篇,在刊物上发表了。我们当时执行"一边倒"的外交政策,当然是不可能把这位女士当作朋友的。现在看来,恐怕也确实是过于严峻了一些。

《译文》与《世界文学》上发表过的可嘉的译著必定不止这些,好像还有布莱克与彭斯的诗歌,以及以老舍名义发表的纪念马克·吐温的文章(可嘉后来还为被剥夺署名权而愤愤不平。我本人还曾为冰心先生捉刀写过纪念欧·亨利的发言稿呢。不过我只觉得那样做对于我,完全是 a pleasure, also an honour)。作品的篇名,就不在这里一一列举了。

这期间我当然会与可嘉有些往来。记得曾应冯亦代先生之邀上羊市大街他家里去吃过一次饭,袁先生是冯先生请来的唯一陪客。正好碰上冯夫人安娜出国工作,所以那天吃的基本上都是买来的冷菜。我是小人物,什么事都不知道,他们的谈话我插不上嘴,只有听的分。但觉得他们这样做,主要是看在《译文》的分上，对我这个小编辑确实是给足了面子。不久后"反右"开始，冯先生落网，可嘉则因有"右派言论"，下放劳动。但我并未与他们"划清界限"，仍然约他们译稿，也还有些来往。

想不到未过几年，文坛再度风云突变，作家协会大乱。可能是打算给手忙脚乱的作协领导减轻一些负担吧，与创作关系不大的《世界文学》编辑部又划归哲学社会科学学部的文学研究所。而可嘉也终于如他所愿，进入文学所做他的外国文学研究工作了（他曾对我说，他是"拍了桌子闹了一场才得以调出来的"。真是书生傲气不改呀！）。于是我们便成了同事，一起搞运动、下放，后来又回京逐渐恢复工作。我的感觉是：平时也好，"文革"中也好，尽管他非常想成为群众中的一员，也真诚地要改造自己，但似乎总是不得其门而入。老是处在一个受不到充分信任、不上不下的位置里，那时对他这样一个知识分子来说，真是"左"海无涯呀。中美恢复往来后，他又因与入了美籍、要写中国现代诗史的北大老同学许芥昱来往而受到牵连，被"乱判葫芦案"，最终得到"敌我矛盾按人民内部矛盾处理"的优待，有四年被剥夺了做业务工作的权利，只能干打扫厕所这一类的粗活，直到1979年才得到平反。

"用事实证明，我是'圆'的"

可嘉在这段时间里私下里写过一首叫《扁与圆》的诗，后来才收入文集。诗只有这样四句："有人把我看扁了。/好的，/我将用事实证明：/我是圆的。"平反以后，国家的整个大环境也有了变化，可嘉总算能真正发挥所长，在中国诗坛与外国文学工作上焕发出异彩了。可惜这段时间与被耗掉的相比，实在是太短了。

他1946年毕业于西南联大，进北大当助教。却直到三十三年后的1979年，才升为副研究员（相当于副教授）。不少造诣不如他，年纪也更轻的人都当上了政协委员与学部委员。但他好像在晚年才当上博士生导师，任何别的高一些级别的衔头都未能得到。有一次他和我与另一位女同事一起去南方讲学。看得出对方更看重的是那位女同事，尽管她辈分上几乎能算是可嘉的学生，但当时她是能决定哪个单位可以设立博士点的某个委员会的委员。在她演讲时，会场就从可嘉与我讲课时用的教室转移到了大礼堂，被动员来听的学生也是人头济济。我想袁先生对这样过于昭彰的行事方式不会没有想法。但对这种小事他丝毫也不计较。他相信自己的实力，眼里有更高的目标，不屑于去争取待遇，也不愿削尖脑袋去走门路。

从与可嘉的交往中我自己也是深受裨益的。最先是从他写于60年代、发表在《文学评论》上的那几篇批判西方现代派的文章中。在"文革"前的那几年里，对西方现代派文学除了批判，又还能采取什么别的角度呢？但是即使是写批判文章，可嘉在那里面也并没有像别的一些人那样，把批判对象痛骂一顿了事。他还是摆出了对方的不少事实，引述了彼方的不少论点，使包括我在内的读者增加了不少知识。他有一篇叫《英美意识流小说述评》的文章，里面较详细地介绍了乔伊斯、伍尔芙与福克纳的情况。看得出他是认真读过他们那些很难啃动的书的。福克纳这个名字我还是知道的，中国人里，赵家璧最先在所著的《新传统》（1936年）里专门写了一章介绍他。我自己也对他的新发表的长篇三部曲写过报道,并曾选了他的两篇小说,约赵萝蕤等前辈译出,发表在1958年4月号的《译文》上。但是可嘉的文章让我较详尽地理解了福克纳那本代表作《喧哗与骚动》的内容与写法,使我后来在译此书时能够心中有数。果不其然,到了1979年,可嘉与人合作编辑《外国现代派作品选》,可嘉约我译此书的第二章时,我真的感到与作者能做到"心心相印",译来并未费太多的功夫。这就不能不归功于可嘉的批判文章了。《外国现代派作品选》一书出版后,影响很大,福克纳也一度成为热门,不少刊物与出版社都向我约稿。我逐步译成了《喧哗与骚动》全书、《熊》《我弥留之际》《去吧,摩西》《押沙龙,押沙龙!》《福克纳随笔》与《大森林》,还写了他的评传,俨然成了中国的"the Faulkner man"。可以说,我之所以能"浪得虚名",泰半要归功于可嘉兄的提掖呢。

可嘉后来还写了几本关于现代派的理论专著,出版时他可能不在国内,未蒙一一赐赠,亦未曾细读,不敢妄评。他对中国现代派诗歌的分析评论恐怕也是国内最有深度的。至于他写的诗歌,我在读过艾略特与奥登的诗之后,便很能体味出可嘉作品中的那种历史沧桑感,那种冷讽与机智了。例如那首著名的《沉钟》,便很有我国殷商青铜器的那种宏大气度与历史凝重感。让我们一起再欣赏一下:

让我沉默于时空,
如古寺锈绿的洪钟,
负驮三千载沉重,
听窗外风雨匆匆;

把波澜掷给大海，
把无垠还诸苍穹，
我是沉寂的洪钟，
沉寂如蓝色凝冻；

生命脱蒂于苦痛，
苦痛任死寂煎烘，
我是锈绿的洪钟，
收容八方的野风！

可嘉，在那边，你是不是仍然负驮着沉重，在听风雨匆匆呀？

悲　悼
　　——追忆傅惟慈

　　真后悔没有上老傅家去再看他一次,一直念叨着说要去看他的,但心想老傅好像没有什么致命的大病,无非就是胯骨那里不舒服,行动不方便罢了——恍惚记得他院子角落里还摆着一辆电动代步车——心想他总想出门,天生的流浪汉气质真是至死不变呢。可是平地一声雷,16日黄昏,电话里竟传来了他小女儿报丧的音讯:老爷子今儿早上气喘,一口气别不过来,就此走了。我真后悔没能再次见到他,哪怕再看上一眼他那苍凉的笑容呀。我们这帮朋友中,最早走的是施咸荣、董乐山,接下去的是梅绍武、蔡慧,现在想再找人发发牢骚,竟也杳无比我更年长的对象了。想起杜甫赠卫八处士中的那两句:"访旧半为鬼,惊呼热中肠。"写的简直就是我此刻的景况与心情了。

　　回想起来,我和佩芬与老傅相识还是早在20世纪的50年代。当时《译文》刚创刊不久,要选登一些优秀的西方作品。听说托马斯·曼的代表作《布登勃洛克一家》已有人译出,于是便从人民文学出版社借来校样从头至尾读过,觉得其中有八九万字可以独立成章,可读性强,便建议采用。后来由佩芬为之写了一则较长的前言,起了《安东妮·布登勃洛克的婚事》的标题,在刊物上分两期发表,也得到了较大的反响。编辑部对译笔的老练与流畅颇为欣赏,认为能称得上50年代出现的新一代译者中翘楚了。

以后还有些文字来往。他喜欢打桥牌，我这方面毫无禀赋。后来又知道他喜欢古典音乐，于是两家人为了交换唱片，来往逐渐多了起来。"文革"中，他怕唱片被抄走，便将一部分最心爱的交我收起。我并未像许多人曾做过的那样表功避祸。我们偶尔见到或写信（因双方都在干校），只能相濡以沫，互道珍重，祈愿太平时日快些来到。

终于，我们双方都回京安定下来，能逐渐做些业务工作了，也有些成果可以交换了。我和佩芬欣喜地看到他多次赴欧，赴印度、伊朗所拍摄的精美照片，也知道他在伦敦见到了心仪的作家格·格林，我还在《世界文学》上发表了他记述会见格林的文章，亦曾向三联书店推荐他译的格林的非洲游记。一个人能做自己心爱的工作并得到欣赏，这也算是人世间最大的幸福了。我们很爱听他兴致勃勃地讲述如何好不容易配齐了整套德国在非洲殖民地发行的硬币（他还当过北京钱币收藏协会的副会长呢）。我们则讲如何将难译的《玻璃球游戏》与《押沙龙，押沙龙!》译成并终于艰难出版。他宽容地听着，尽管他也许觉得自己不会干这样的傻事。前几年译林出版社有意重出他译的《布登勃洛克一家》，他翻遍家中竟再也找不出一套（必定是让儿子与朋友交换阅读时弄丢了），最后还是让我将他当初送我的签名本找出交他寄去南京的。他最喜欢的作家毛姆晚年出了一本散文集书名叫《流浪汉气质》(The Vagrant Mood)。"流浪汉"，我想，这岂不恰似给毛姆自己的崇拜者老傅哥所起的一个雅号吗？他晚年最得意的一件事便是将历年所写散文收辑成集，书名为《牌戏人生》。在里面他说，一个人生下来所得到的牌总是有限的那么几张，但是如何排列与摊牌便看你自己的能耐了。我觉得这句话很有哲理,大可收入新编的《世界名人格言集》。

傅哥,对于老友的善意调侃,你该不会在乎的吧。那就请在我的梦中再一次显露出你那苍凉的笑容吧!在此敬酹浊酒一杯的,是多年拜赏你才华、年亦逾八旬的一对老友,尚飨了。时在甲午二月十九日。

| 也说福克纳 |

《喧哗与骚动》译余断想

《喧哗与骚动》的中译本终于出版了。这本书篇幅不大,放在书店光线微弱的书架上,不容易引起注意。它说的是几十年前美国南方一个家庭死气沉沉的琐事,读者会不会感兴趣,实在也很难说。但是对我个人,它却有着特殊的意义。这是我迄今所从事的工作中最最艰难的一件。我开始译这部书是在1980年的初春。等我看完初校寄还出版社,已是1984年的4月了。这期间,大概总有两年,《喧哗与骚动》日日夜夜纠缠着我,像一个梦——有时是美梦,有时却又是噩梦。在西方现代文学中,这本小说和乔伊斯的《尤利西斯》一样,是以艰深著称的。读懂尚且不易,翻译当然就更难了。翻译一般地说比创作或是写学术论文容易,但是这个行当也有一个致命的缺点——遇见困难不能耍滑绕过去。

其实,就所描述的事情来说,《喧哗与骚动》并不算复杂。按作者威廉·福克纳自己的说法,这是"一个美丽而悲惨的小姑娘的故事"。福克纳多次讲过,他之所以要写这本小说,是因为脑子里老有一个画面驱散不去:一个小姑娘爬上一棵梨树,透过玻璃窗,窥看客厅里大人忙着给奶奶办丧事,而树底下,她的三个兄弟仰起了头看她,他们看到她那沾满湿泥的裤衩,因为他们几个方才在河沟里玩水。故事便从这里展开。小说的主人公就是这个叫凯蒂·康普生的姑娘,但是全书四章,没有一章直接写她,因为福克纳认为,间接的叙述往往更加饱含激情,最高明的办法莫若表现"树枝的阴影,而让心灵去创造那棵树"。(见福克纳的谈话录《园中之狮》,第 128 页)

　　第一章是《1928 年 4 月 7 日》,一般称为"班吉的部分",是通过白痴小弟弟班吉的原始意识流动,来写凯蒂的童年以及 1928 年康普生家的颓败。班吉当时三十三岁,但是智力只及一个三岁儿童的水平。接下去是《1910 年 9 月 2 日》,人称"昆丁的部分",通过大哥昆丁的所见所闻所忆与所思,写凯蒂的轻率轻佻与随之而来的匆匆出嫁。凯蒂的堕落完全可以远远地溯根到几代之前的种植园主祖先的罪恶那里,享受过荣华富贵的蓄奴者离开了人世,他们种下的恶果却得由后裔们来吞咽。凯蒂所在的家庭是那样的冰冷,那样的缺乏爱,逼得她冲出家门,把爱的赝品当作了爱。家庭的没落本来就在昆丁的人生观上笼罩上一层阴影,妹妹的堕落更使他无意留恋人间。他的叙述是没有结尾的,因为就在这一天他投河自尽了。第三章是《1928 年 4 月 6 日》,亦即"杰生的部分"。杰生是凯蒂的大弟弟,他顺应潮流,变成了一个市侩。姐姐的遭遇多少影响了他的前程,因此,和昆丁相反,他是从"恨"的角度来讲述凯蒂——还有她的私生女小昆丁的事的。可是他对她们的诋毁恰恰是自己丑恶灵魂的大暴露。自我辩解成了自我嘲弄和自我剖析,而福克纳笔底的"六大恶棍"之一的杰生的形象,也就活灵活现地站立在读者的面前。最后一章是《1928 年 4 月 8 日》,这是从"全知全能"的作者角度观察与叙述的唯一的一章,但因主要人物是黑女佣迪尔西,所以被称为"迪尔西的部分"。故事发生的这一天是复活节,福克纳单单选择这一天显然是有象征意义的。迪尔西从小在康普生家,她目睹了这个世家的由盛而衰。她没有文化，但是深明世态，知道建筑在非正义之上的富贵荣华必定是过眼云烟。她像一个隽智的历史老人，她引用《圣经》里的话说："我看见了始，我看见了终。"福克纳似乎在证明：罪恶的蓄奴制已为历史的长河卷没，顽强地生存在美国土地上的终究是普通的劳动人民。在《喧哗与骚动》的《附录》（福克纳作于1945年）里，最后的一句正是："迪尔西——他们在苦熬。"

  《喧哗与骚动》内容并不算复杂，它的结构与表现手法却颇为精巧与深奥。如上所述，四章是分别从四个人物的角度叙述的。每个人物的身份、立场、思想感情与智力水平迥异。他们虽然都讲述凯蒂的事，但侧重点不一样，凯蒂的年龄也逐渐由小而大，各章中都不一样。他们对凯蒂的感情从爱到恨，幅度很大，对待凯蒂的行为的善恶观念也不相同。在四段叙述中，每个人物又分别塑造自己、别的叙述者与其他有关人物的形象。这样的手法就有点像可以形成多种序列的数学上的排列组合，也像古兵法家指挥下灵活多变的八卦阵。译这样的"七宝楼台"式的作品自然费劲。这就像一个演员要同台演生旦净末丑，既要进入角色，又要超脱角色。译者时时要照顾到班吉的憨、昆丁的痴、杰生的奸和迪尔西的真，手忙脚乱的狼狈状是可想而知的。

  多种角度仅仅是翻译上困难的一个方面，更大的困难还在于准确再现人物的意识流。在前三章里，人物脑子里的细节与事件并不是按时序与逻辑次序出现的，而是此起彼伏，此伏彼起，推前涌后，倏忽变动。这样的"场景转移"据统计，在"昆丁的部分"里有二百多次，在"班吉的部分"里也有一百多次。所涉及的"时间层次"有几十个之多。这样的转移都有一定的因素作为契机,作者也往往用改变字体的方法来提醒读者的注意。但是即使如此,不费一些思索,仍然难以确定时序,时序不能确定,意义也就朦胧不清。连"福克纳学"的权威学者如克林斯·布洛克斯也说:即使经过一代代学者数十年孜孜不倦的努力探索,班吉与昆丁部分的一些段落仍然未能得到确切的解释。昆丁部分结尾处,有五页多,连一个逗点、一个大写都没有。好在我们祖先写文印书也不用标点。"余生虽晚",在中学里也还读过几篇没有"新式标点"的古文,也不止一次做过给古文添加标点的考题。所以,在这样的困难面前倒还不至于发怵。

福克纳之所以要运用这样的手段,除了他相信向读者直接提供人物的印象比向他们宣讲一个有人工雕琢痕迹的故事更为有力,相信这样能提供一种散文诗的效果,相信读者经过亲自参与艺术创造会得到更强烈的、因人而异的艺术感受之外,还有一个服从塑造特殊的人物形象的目的。在小说中,班吉是个白痴,他的思想不可能有时序与逻辑。用有理性的思想来表现他的内心活动反倒不真实。至于昆丁,他是一个即将自杀的精神半失常者,他有时精神极端亢奋,若把他这时的思想活动记录下来,应该和一个发高烧病人的谵语录音相仿佛。杰生也是一个心态不平衡的偏执狂加虐待狂,但毕竟与哥哥、弟弟不同,所以他的意识流动已经接近一般小说中的内心独白。作为译者,自然不能不动脑子,把一段段的思想活动照字面囫囵吞枣地硬搬过来,把一尊精巧的"七宝楼台"变成谁也看不懂的天书,变成谁也不要看的一团混沌,往读者面前一放,说:这就是福克纳!那样不但败坏了福克纳和他的道友的名声,而且会使读者害上"食物恐惧症"。负责任的译者必须把散见各处,有的浮在表面上有的埋藏得很深的"脉络""微血管"以至各种大小不同的"神经"一一理清，掌握好它们的来龙去脉以及所以要以这种形式出现的艺术企图，然后照它们的原样放好，并以另一种文字加以复制，而且要做得足以乱真。我们又不能为了省事与痛快，仅仅告诉读者康普生家到底发生了什么事，而把它们是"以什么形式发生的"全部舍弃。那是许多赚美国大学生钱的"教学辅助材料"里的做法，在那里，条理是清楚了，艺术却已荡然无存。

回想开始译这部书时，为了弄清几个问题，曾写信给钱锺书先生。钱先生在复信中说："翻译（福克纳）恐怕吃力不讨好。你的勇气和耐心值得上帝保佑。"在我译到"昆丁的部分"时，那些纠缠不清的子句套子句再套子句文法上又不完整的长句子（美国批评家说，福克纳对时间的概念有自己的看法，他要在一个句子里同时写过去和现在的许多事），使我感到骑虎难下，这时，才体会到钱先生的话确是大有道理。当然，我断断续续，打打停停，还是勉力译完了这部书和那篇重要的《附录》。我也抚摩着自己的创伤，体会到了血战一场后的愉悦。正如福克纳作品的法译者、法国著名的翻译家莫里斯·考因德鲁（Maurice Coindreau）在他的《论翻译福克纳》一文中所说的："威廉·福克纳是一位艰深的作者，因此必然会给翻译他作品的人带来最大的满足。因为只有在对手提供一个真正的挑战时，你所得到的胜利才是令人深深满意的。"中译本成功还是失败，自有贤明的读者与海内外专家做出评断。我之所以敢公之于世，是因为相信虽然经过一道移译，读者还是能多少窥见福克纳的艺术世界的一角。原作精彩，译笔差一些，也是大树底下好乘凉，藏去一些拙。考因德鲁还说过："一方面，福克纳的作品确实是难以移译的，但是另一方面，他又是最经得起翻译的人。"他接着解释，所谓经得起翻译，就是即使译文差一些，读者仍可透过障碍窥见原作的魅力。我只能把希望寄托在读者的"特异功能"上了。

命运似乎有意安排，使我与福克纳结下不解之缘。回想最初接触福克纳的作品还是在 50 年代。当时，作为一个刊物的编辑，阅读外国原著从中选择优秀的、篇幅适宜的作品供刊物发表是基本任务之一。当时翻阅了《袖珍本福克纳文集》与《威廉·福克纳短篇小说集》，对福克纳的南方乡土特色与对人性的深刻剖析并无认识，仅仅从反战的角度选中了《胜利》（*Victory*）与《拖死狗》（*Death Drag*）两篇，请赵萝蕤与黄星圻两位翻译家译出，刊载在 1958 年 4 月号的《译文》上。当时还以编者身份写了一段按语，里面说："……福克纳的小说大多是描写南方没落的贵族，但同时也以同情的态度描写那些受到战争摧残的人们，我们从这一期所选载的两个短篇中可以看出福克纳对于战争的痛恨和对于受到战争摧残的人们的深刻同情。在他的近作《一个寓言》（1954）中，他痛恨残酷的帝国主义战争的那种愤慨情绪表达得更为明显。"我还记得 60 年代初期还组织黄雨石同志译出福克纳写私刑黑人的小说《干旱的九月》（*Dry September*）。但是由于众所周知的原因，这篇译稿没有能够在《世界文学》上发表。

以我的孤陋寡闻，并未发现更早是否有人译介过福克纳的作品——我指的是大陆。但是早在 1936 年，就有人在一本可能是中国最早的研究美国现代小说的专著里，以单独的一章，评介了福克纳。这本书是《新传统》（上海良友图书印刷公司），作者是我们编辑界的老前辈，赵家璧先生。

《新传统》共分十章，第一章是总论：《美国小说之成长》，其余九章分别论述九个小说家：特莱塞（今译德莱塞）、休伍·安特生（休伍德·安德森）、维拉·凯瑟（薇拉·凯瑟）、裘屈罗·斯坦因（斯泰因）、桑顿·维尔特（魏尔德）、海明威、福尔克奈（即福克纳）、杜司·帕索斯（多斯·帕索斯）与辟尔·勃克（赛珍珠）。赵家璧认为福克纳是一个"逆转的"原始主义作家。他指出："近年来，在急速没落中的文明社会，那袭文明的外衣，逐渐地剥落以后，人类的兽性，跟了生活的逼迫而自然暴露。尤其是资本主义的美国，一切过去束缚这文明社会的道德宗教法律，都失却了他的效用。恶棍暴徒，充塞在他们的社会里，比原始的土人更残暴更凶恶的事实，每天布满在新闻纸上。这一种混乱野蛮的社会现象，就有一部分作家，拿来作为写小说的题材。……这里要讲的福尔克奈就是一个……专写在溃烂的文明社会里的人们所干的残暴故事的新进小说家。"接着，赵家璧又写道："福尔克奈的获得如今的估价，经历过三个不同的时期。第一时期从开始写作到1929年的《沙套列斯》，专写战争小说。第二时期1929至1930年，是受到弗洛爱特心理学说的影响而从事于心理分析的实验作品。第三时期是1930年到现在，用侦探小说的方法站在自然主义立场上写溃烂社会中各种残暴的故事。"赵家璧还说："最近四年间所写《避难所》和《八月之光》里，更使我们相信福尔克奈确是一个比海明威更有希望的人物。"[①]

赵家璧先生文中对《喧哗与骚动》《我弥留之际》等代表作评价不高，而高度赞扬了《圣殿》，这些方面与目前通行看法不

---

① 本段中一些专门名词，目前的通常译法分别为，《沙多里斯》、弗洛伊德和《圣殿》。

尽相同,但是他所提到的产生福克纳作品的社会背景以及福克纳的创作主要倾向,基本上是正确的,是值得参考的。何况这些论点是在福克纳创作生涯的半途,在他许多后期作品尚未问世的1936年做出的,这就更显得难能可贵了。

我曾经说过,《喧哗与骚动》的中译本是集体劳动的成果。这绝不是说套话,而是出自我的内心。学术工作本来就是踩着前辈学者的肩膀继续朝上攀登。上面已提到赵家璧先生在福克纳研究上对我的启蒙教导。而袁可嘉同志写于1964年的《美英意识流小说述评》(载《文学研究集刊》第一册),对福克纳与他的作品(包括《喧哗与骚动》)所做的详尽介绍,也使我初步弄清了这本书的脉络。外国学者的研究成果就不用说了。为了编《福克纳评论集》(社科版,1980),为了撰写《美国文学简史》(下)(人民文学出版社即将出版),为了编辑《福克纳中短篇小说集》(中国文联出版公司即将出版),我收集、阅读了不少有关"福学"的专著与工具书。《喧哗与骚动》本是美国文科中的重点研究对象,每年都有人靠它拿学位。许多权威性的研究著作与评传都对《喧哗与骚动》作了条分缕析的过细解剖,从各个角度对书中每个人物作了解释。美国还出版了各种有关福克纳的工具书,如人物词典、南方语汇词典,以及各种手册,内中整理了每部作品的情节梗概和几大家族的家谱。连培养武夫的西点军校也出资,请人分别编辑了福克纳著作的重要语词索引(Concordance)。我还读了福克纳亲友(包括两个与他关系不同寻常的女士)的回忆录,其中最出色的一本是他的打猎伙伴写的。这些著作,都给了我极大的帮助。我依靠这些著作,再加上自己的理解,在译文中加了几百个注解,相信可以给中国读者提供一些方便。但是我又希望读者在读第一遍时最好不要看这些注解，以免先入为主，影响了自己的原始艺术感受。外国的著作与工具书毕竟不是为中国人写的，它们或是没有提到我弄不清的一些问题，或是解释得不能令人信服。我只得多次向中外专家请教。钱锺书先生曾在百忙中复信解答了我一些拉丁文典故方面的问题；冯亦代先生千方百计为我找来参考书，让我知道何处设有易于跌落的陷阱，可以想法避免。我特别要提到的是该书责任编辑，上海译文出版社的吴劳先生。他是我遇到的最最认真细致的一个编辑。他学识渊博，外文理解力强，加以心细如发，帮我匡正了不少因为精力不济（一个人的耐心毕竟是有限度的）与学力不足而造成的失误。吴劳先生还用他那手秀丽的钢笔字为我从另一来源补抄了好几页不知何故没有寄到的译稿，真使我羞愧有加，汗颜不止。以吴劳先生用在编校我的译稿上的精力与时间，是完全可以再译出半本《章鱼》式的名作来的。① 当然，我请教的还有外国专家。记得一年深秋的凄风苦雨中，我陪哈佛大学的丹尼亚·艾伦（Daniel Aaron）教授游香山。我无疑是最不称职的导游。天知道秀丽的香山景色在教授记忆里留下了什么印象。我的问题从城里问到香山，又从香山问回到北京城。我总算弄明白有一个时期哈佛的学生的确是每天上课前必须去小教堂履行仪式的。这就难怪昆丁看到斯波特一边穿衣服一边匆匆朝教堂跑去了。我还在烤鸭宴贵宾，酒酣耳热时烦扰斯东贝克（H. R. Stoneback）教授。他是美国南方人，从他那里我证实了福克纳作品中所说黑人把充作武器的剃刀挂在背后（而不是胸前），的确是实际情况。1982年秋，

---

① 吴劳是《章鱼》（美国弗·诺里斯作）的译者。

我虽然已经交了《喧哗与骚动》的译稿,但我仍多次拜访多伦多大学的英国教授迈克尔·米尔盖特(Michael Millgate),他是有影响的《威廉·福克纳的成就》一书的作者。米尔盖特教授让我看了他收藏的电影《坟墓的闯入者》的海报以及福克纳当空校学员时全校师生的合影,在那里面,福克纳歪戴船形帽的脑袋比一颗黄豆大不了多少。米尔盖特告诉我:有两篇福克纳生前未发表的《喧哗与骚动》序,刊登在某年某期某某刊物上,对了解福克纳的创作意图有一定的重要性。于是我来到维多利亚学院的图书馆,在杂志库的书架内爬上爬下地找到了它。此外,我自己也找来了米尔盖特发表在多大季刊上的两篇文章,读时真像是在读一篇侦探小说。米尔盖特通过寻访1918年福克纳在多伦多当空校学员时的同班同学和同寝室寝友,也通过查阅半个世纪以前的旧报纸、旧书刊,弄清了福克纳在多伦多的活动情况,特别是弄清楚了当时福克纳对飞行的第一手知识仅仅是"转动螺旋桨帮助飞机发动",从而证明福克纳直接或间接帮助散布的一些"事迹",仅仅是一个富有文学才能的年轻人为弥补自己未能参战的缺憾而充分运用想象力的结果。这些"事迹"版本还很多,无非是说明福克纳赴欧作过战,福克纳飞行训练时受过伤,脑子里有一块"银片";福克纳为庆祝战争结束头脑发热,把训练飞机擅自开到天上,出事后飞机掉在飞机库屋顶上;福克纳掏出威士忌酒瓶要喝,因为头朝地酒流不进嘴巴……福克纳还穿了一套英国空军军官制服(买来的剩余物资),胸前别着"飞翼"胸章(说明有飞行的资格),一瘸一瘸地走在密西西比大学校园里,招来了毛头小伙子的羡慕与姑娘们的崇拜的目光。……当然啰,年轻人的虚荣心是可以理解的,这并不妨碍一个人后来成为一个伟大的文学家。

　　从米尔盖特的文章里我还获悉，1918年9月至12月，福克纳就住在多大威克利夫学院的二层楼上临霍斯金街的一个房间里。我终于寻访到福克纳的足迹了！霍斯金街是我每天都要经过几回的一条僻静的街，再过去几步就是松鼠在枫树上欢蹦乱跳的女王公园。我怀着《艾斯本文稿》① 中那位青年作家的心情，走进这幢砖红色的新哥特式三层建筑，走上二楼，朝面向霍斯金街的一个个房间里窥探。一个年纪不大不小，估计是研究生的女士从她的宿舍打开的房门里，用稍带惊诧的眼光，打量我这个异国人。我当然不会找到福克纳的遗迹的，走廊里的木板地在我走过时微微下陷，发出了古老建筑才有的空洞声。这里曾是空校学生的宿舍，走廊里曾经回响过福克纳用柔和的南方音讲的俏皮话，其内容据同学们回忆，是"不便印刷在纸上的"。他们还说福克纳最爱唱一首叫《基德船长谣》的阴森森的小调，歌词是这样的：

　　　　如今你朝绞刑架走，
　　　　你必须朝绞刑架走。
　　　　朋友们来看热闹，抬起了头，
　　　　他们说：早告诉你，有一天会难受——
　　　　他娘的，你们的狗眼真让人作呕。

　　有时，福克纳灌多了威士忌，便会一个人来到霍斯金街，在

---

① 亨利·詹姆斯的一个中篇小说，写一位青年作家如何寻访拜伦的遗稿和书信。

便道上一边喊口令,一边做各种动作:向前走、立定、向左转、向右转……他也许不是一个好兵,虽然他留下来当时的笔记本上所绘的飞机解剖图画得很准确。

米尔盖特说他也不知道当时福克纳住的是哪一个房间。时至今日,他60年代时找到的老军人现在肯定也都已作古了。

我和米尔盖特来到霍斯金街,以威克利夫学院为背景,拍摄了两张照片。

福克纳与中国

假如时光倒转四十年,在中国读者群里,福克纳的名声远不如法斯特的那么响亮。这两位都是美国现代小说家,由于姓氏拼法次序相近,在图书馆的卡片柜抽屉里,他们总是静静地躺在一起。而且说来也巧,两个人都有一部作品叫 The Unvanquished (《没有被征服的》)。显然是法斯特"反其意而用之",他那本出版在后,写的是独立革命中的战士;而福克纳那本,说来惭愧,歌颂的是内战中的反动派——南方将士与他们的家属。福克纳 1950 年得到诺贝尔文学奖时,太平洋这一边正"宜将剩勇追穷寇",报上即使登消息(这我很怀疑),也不会用大过半个火柴盒的篇幅。而 1953 年法斯特荣获"斯大林国际和平奖"时,他俨然是美国文学界的执牛耳者与美国人民的良心。然而事隔不久,一个秘密报告让他拐了个大弯,等到尘埃落定,法斯特又恢复了靠写故事谋生的普通作家的位置——倒也没有成为职业反共斗士。而从不管外边刮东风还是西风的福克纳,仍然像一个孤独的农夫,默默地在耕耘他的"约克纳帕塔法世系",直到 1962 年从马背上坠下,引起心脏病发作去世,走完了他"农民—猎人—作家"的一生。

其实说到与中国的关系,福克纳可要比法斯特早。不妨先把话题扯远,攀附些间接的关系。今天,打开任何一部福克纳传,只要是附有照片的,都会见到几幅福克纳太太——当时还是法官、律师科纳尔·富兰克林的第一任妻子——与女儿维多利亚的合影。照片里有什么东西让我们感到眼熟,是那些藤椅、藤桌与藤榻。那种圆几似的小藤桌今天不大生产了,而照片里那个三四岁的小女孩就给置放在这样一张小桌上。日后的福克纳太太所坐藤椅样式至今未变,而母女一起坐着的藤榻也正是鲁迅上海故居书桌旁放着的那种,有一截可以拉出来搁脚的。照片里的那位少妇显得"petite and feminine"(娇小玲珑,女人味儿十足),一本传记里正是这样形容的。

这位埃斯特尔原是福克纳青少年时代的恋人,她也喜欢福克纳。只因为福克纳当时东游西逛,没有正当职业,不为女方父母看中。埃斯特尔便嫁给了学法律的富兰克林,跟他去了夏威夷,后来又去到上海。她与女儿的照片是 1924 年在上海拍的,背景处的竹篱、台阶、后门,都是上海"西人"住宅区常见的景物。传记里说,女儿的小名叫"Cho-cho",是家里所用的中国"阿妈"起的,那位阿妈叫"Nyt Sung"(二婶或倪婶?),那么她用吴语起的小姑娘名字,该是"巧巧"了。埃斯特尔回娘家时把 Nyt Sung 也带到了美国边远的南方,而在整个县里,这位阿妈只能见到一位同胞,但是语言还不相通。因为在县府奥克斯福开洗衣店的 Hum Wo(合和?)只会说粤语。

考虑到埃斯特尔离婚后与福克纳结婚,考虑到她与前夫所生的女儿维多利亚、儿子马尔科姆长期与福克纳一起生活并为福克纳所挚爱,福克纳特地为维多利亚写了儿童文学《希望树》,而马尔科姆在继父死后把他平日为自己讲述的故事记录下来出版,而福克纳去看望尚未嫁给他的埃斯特尔时,总是 Nyt Sung 出来为他斟酒,这四个从远东来的人给福克纳生活与思想里带来的中国因素,恐怕还是有些分量的。第一个证据是埃斯特尔显然从东方白人大班太太那里沾染上了大手大脚花钱的习惯（这也是福克纳传的作者说的），使福克纳不胜负担，以致要在家乡与孟菲斯的报上登出启事，说明今后"再不能为福克纳太太所签的欠条、发票、支票负责"。证据之二是，1961年美国种族冲突尖锐化时，福克纳说："要不了多久，在同样受过教育的黑种人与黄种人当中，白人将成为一个小小的少数民族。到那时中国人将成为领导者。"

既然已经涉及福克纳本人与中国的关系，有一件我本人知道的事情也不妨在这里提一下。大约是在1955年吧，世界和平理事会决定纪念惠特曼的《草叶集》初版一百周年。当时中国和大为了举行活动，去电邀请了一些美国文化界人士，他们是：卡尔·桑德堡、沃尔多·弗兰克、赛珍珠、保尔·罗伯逊、塞缪尔·西伦与福克纳。但是开纪念大会时这些客人都没有到场。福克纳显然是不会来的，中国方面邀请他说不定也只是为了做出一种姿态。是不是这样，只有当时的有关人员说得清了。

那么福克纳作品里有没有写到中国人呢？有的，但是不多。在福克纳早年所写后来收入《新奥尔良札记》的一个叫《郁和与两瓶热酒》的短篇里，一个在西人船上做杂役的中国小伙子被误杀，人们为了尊重中国的习俗，特地走很远路，把他送到"暹罗"海边某处中国人聚居的地方去埋葬。在路上，尸体已发出臭味。这个框架使人想起《我弥留之际》。另外，在福克纳晚年所出版的《小镇》里，也出现一个次要人物，是开洗衣店的老华侨。

至于中国介绍、翻译、评论、研究福克纳的情况，显然要丰富得多，但那是另一个故事，这里就不谈了。

(1997年9月)

福克纳与邮票

近日邮资调整,不禁想起了与邮票有点关系的美国小说家威廉·福克纳。

1988年春天,我译完了福克纳的力作《我弥留之际》。主编高莽读后,希望我让《世界文学》先发表。那年的《世界文学》每期都登一幅有关作家的画像。我收集的福克纳资料在国内恐怕要算最最齐全了,但是我也未曾见到过他的彩色画像。恰好在此时,有人收到美国来信,信封上贴的正是一枚福克纳纪念邮票。我们灵机一动,就把这枚翠绿色的邮票放大制版,充当了1988年第5期《世界文学》的封面,有那一期刊物的读者当可看到那幅手持烟斗的福克纳半身像,因为放大有点发虚,上面还有五六道美国邮戳的紫色印痕呢。

美国邮务署之所以要发行这枚二十二美分的纪念邮票,恐怕不仅仅因为福克纳够得上是位国家级的文化名人。说起来,福克纳还真的与美国邮政有点关系呢。

1921年,已经二十四岁仍然一事无成的福克纳,为了不想再用父母的钱或向朋友告债,靠走后门当上了密西西比大学邮政所的所长。据福克纳的传记作者说,他的考分不如另两位应试者。但是由于奥尔德姆先生的影响,他被录取了。这位奥尔德姆先生是位律师,在当地奥克斯福有点影响。八年之后,他成了福克纳的老丈人。这个邮政所全部编制就一个人,福克纳的年薪是一千五百元。

福克纳也许可以算一位伟大的作家，但他绝不是一个称职的邮务员。人们发现他经常躲在柜后深处写作或看书，非要等顾客用硬币敲击多次才慢慢地走出来应付差事。别人订的刊物，他和朋友看够了才发出去；校方寄送的印刷品，他干脆扔进垃圾桶；天气不好时，他与朋友们躲在邮政所里打牌喝酒；天气晴朗，他们干脆锁上大门，到草坪上去打高尔夫球。不久后，大学生的刊物上便出现漫画，讽刺说大学邮政所的办公时间是"每星期三的11时20分至12时20分"。

投诉信不断寄到州邮政局，1924年10月，当稽查员韦伯斯特先生来调查时，福克纳知道自己一生中当邮局职员的阶段行将结束，他对韦伯斯特先生说："也许我这一生都得听有钱人的差遣，但是感谢上帝，从今以后我可再也不会听从任何一个有两分钱买邮票的王八羔子的使唤了。"说完，他便交出了大门钥匙、现金与代销的公债券。两个月以后，福克纳第一部作品《大理石牧神》出版，他还送了一本给韦伯斯特，题词上写道：感谢"帮助我从不愉快的境地中摆脱"。

也许是因为毕竟与邮票打了三年交道不能忘情，福克纳后来（1956年）谈到他的创作时还用了邮票来做比喻，他说："从《沙多里斯》开始，我发现我自己的像邮票那样大的故乡的土地是值得好好写的，不管我多么长寿，我也无法把那里的事情写完。"

1987年是福克纳诞辰九十周年（也可以说是他从美国邮局辞职六十三周年）纪念，在密西西比大学与奥克斯福民众多年的催促下，美国邮务署终于决定发行五千万张票面二十二美分的福克纳肖像邮票。邮票发行前夕，密西西比州邮政局的负责人詹姆士·哈蒙斯说，虽然福克纳作为邮局职员的经历不很出色，但他仍然为他的老乡能上邮票而感到骄傲。他说："也许当时他的心思用在别的地方。他后来找到了更合适的职业。"福克纳的侄女、约克纳帕塔法出版社的负责人迪恩·福克纳·威尔斯则说，她要起个大早去排队买邮票，"这真了不起，我的伯父在九泉之下知道后会因为这件事很滑稽而觉得好笑的。"

（1990年8月）

海明威与福克纳眼中的对方

福克纳比海明威早出生一年,晚去世一年,两位作家可以算是不折不扣的同时代人。照说,他们是20世纪上半叶美国文坛上的一对双子星座。那么,他们之间的私人友谊又是如何呢?这想必是他们作品的读者普遍关心的一个问题。现在,就根据文献资料作一番考察。原想接下去再发挥几句,但文章已经太长,只有等以后有机会再说了。

说来也巧,海明威和福克纳最早的作品都发表在同一期刊物上,那就是1922年6月号的《两面人》,在新奥尔良出版的一家小刊物。福克纳的是一首诗,叫《肖像》;海明威的也是一首诗,只有四行,叫《最后地》。这不是一个偶然事件。新奥尔良在当时是美国南方的一个文化中心,而当时在那里最活跃的文坛人物则是舍伍德·安德森。海明威在美国出版的第一部作品《在我们的时代里》(1925)和福克纳的第一部长篇小说《士兵的报酬》(1926)也都是因为安德森的推荐才得以出版的。在一定程度上,安德森可算是两位青年作家写作上的启蒙老师。这两个人后来都写过模拟安德森文体的东西来嘲弄这个赶不上时代潮流的老作家。不过这是另一个故事,这里就不详述了。

从作家的传记看,两位作家第一次提到对方是在1931年的11月。当时福克纳来到纽约,《先驱论坛报》记者访问了他。在谈到文学时,福克纳拒绝回答他最喜欢的作家是谁,但他说他很赞赏海明威的作品，不过尚未能结识其人。接着又说："我想他（海明威）是我们当中最最优秀的一个。"但是他否认自己的《这十三篇》受到过海明威的影响。他说这些短篇是四五年前写的，而他两年前才读到海明威的作品。（《园中之狮》21页）

海明威第一次提到福克纳是在那年年底。当时，有一个叫保尔·罗曼尼的书店老板写信给海明威，说自己正在编辑福克纳发表在《两面人》上的诗歌，准备出一本"有限版"。他希望海明威能同意把那首《最后地》也收进去，以壮大声势。海明威回信表示同意，结果那首诗被登在诗集的封底上。海明威不久后对他的著作目录编撰人 L. H. 科恩上尉说，他这首诗写得极糟，正好能和福克纳的"早期排泄物"相配称。但他还是通过罗曼尼向福克纳表示自己最好的祝愿，并说福克纳的创作似乎进行得很顺利，他听来像是个"怪不错的小伙子"。（卡·贝克：《海明威传》291页）

但是，在1932年出版的《午后之死》里，海明威却有着不同的说法，这是两人间第一次在公开场合下揶揄对方。《午后之死》是一部写斗牛的书，内中穿插着不少海明威与一位老夫人的对话，对当时享有盛名的作家如科克托、赫胥黎、艾略特都不无微词，对福克纳，则是这样说的：

海明威：夫人，没有什么决定是不可改变的，可是随着年龄的增长我觉得我必须更多地致力于文学创作。我的情报人员告诉我，由于有了威廉·福克纳的那部大作（指《圣殿》——笔者），出版家们现在什么都愿意出版，不再要求你把作品里大部分篇幅都删去，所以，我正等着写我年轻时在美国最高等的妓院里和那些最高雅的人士一起度过的日子。我一直保留着这个背景,原来打算老了以后再动笔的,那样,由于隔开距离我可以看得更清楚些。

老太太:福克纳对这些场所写得怎么样啊?

海明威:写得棒极了,夫人。福克纳先生写得真是让人无比佩服。他所写的是我多年来读到的所有这类作品中最最出色的。

老太太:那我一定要去买一些他的作品。

海明威:夫人,在福克纳的事情上你是不会出错的。他还很多产呢。等你订购了前面的那些他又会写出别的一些来的。

后来,在有批评家著文提到这一点时,海明威复信说:"我对福克纳怀有很大的敬意而且希望他交好运。但这并不等于我不能拿他开开玩笑。"(《海明威书简选》369页)在这以后一个相当长的时间里,海明威是一直夸奖福克纳的。他已名重一时,而福克纳则只能到好莱坞去写电影脚本维持生活。最使福克纳不堪的也许是恰好得由他来修改完成根据海明威的同名小说改编的《有钱人和没钱人》的电影脚本了。海明威出售电影摄制权自然可以拿到一大笔钱,可是福克纳当时(1944年春天)为华纳公司工作,周薪仅三百元。1945年1月电影《有钱人和没钱人》首映,片前演、职员名单中只有福克纳小小的名字。不过,海明威热情称赞困窘中的福克纳,确是拉过他一把。如1935年3月,福克纳的《标塔》出版,未得好评。六月号的《老爷》杂志上却登了海明威的一则声明,说他"正在阅读(《标塔》)而且很喜欢"。

(约·布洛特纳：《福克纳传》346页）1936年7月，海明威对一位来访者说："福克纳理应得到更多的注意与最高的评介。"（《大学英语》1962年12月号208页）

1945年9月17日，批评家马尔柯姆·考利写信给福克纳，里面说："我有没有告诉过你我从萨特那里听到的故事？是关于海明威在巴黎喝醉时坚持说福克纳比自己优秀的事。海明威给我写了一封长长的、漫无节制、挺凄凉的信，抱怨说写作是个孤寂的行当，无人可以交谈。他还提到了你：ّ福克纳比谁都有才华可是有点靠不住，因为他疲倦之后还是继续不断地写而且似乎从来不舍得丢弃没有价值的东西。要是能让我来管管他我是会非常高兴的。ّ海明威是能当一个好经理人的——他知道怎样说清楚他所感觉到的，也会开一个高价。可是眼下他好像非常孤独，非常忧郁……如果你还没有与他有书信往来不妨什么时候坐下来给他写封信，那会是件好事。"（《福克纳·考利档案》29页）

福克纳在回信时说："我会写信给海明威的。"考利在这封信的下面解释道："看来福克纳改变了主意。海明威是有保存别人书信的习惯的，但是在他的档案里没有发现任何福克纳的东西。"（《福克纳·考利档案》32页）其实考利是明白福克纳为什么不写信的。海明威对他的那段话恰好是一个没落的"南方贵族"所不能接受的，福克纳也准是从那话里嗅出了更多的东西。果不其然，在查核了海明威给考利的原信之后，人们可以发现考利转述时有意缓和了海明威那种居高临下的傲慢口气。原信是这样的：

我一点不知道福克纳如此狼狈，因此很高兴你为他在编一本袖珍本文集。他比谁都有才华可是他非常需要一种目前不具备的意识。当然如果说一个国家一半自由一半是奴隶无法存在那么也没有人能够一半像娼妓一半很准确地写作。可是他会绝对完美准确地写作而且继续不断地写下去刹不住车。我但愿能够拥有他就像拥有一匹马那样，训练他像训练一匹马，让他赛跑就像他是一匹马——不过仅仅在写作这方面，他能写得多么优美而且那么简单而又那么复杂就像是秋天或者春天那样。

我会试着给他写信让他高兴的。（《海明威书简选》603、604页，发信日期是9月14日）

这以后便是一系列福克纳对海明威的不愿"俯首称臣"的反应。如1946年兰登书屋计划把福氏的《喧哗与骚动》和《我弥留之际》合成一册，收入"现代文库"，考利建议请海明威为此书写序，福克纳斩钉截铁地反对。而且说来也巧，也用了赛马的比喻，他写信给该公司编辑时说："我反对请海明威写序。在我看来，请他为我的书写序是件趣味不高的事。这犹如在比赛半当中请一匹参赛的马为同一赛场另一匹马作一次吹嘘性的广播一样。序言……绝对不应请一个与自己同处在一个有限的小范围内的人来写。"（《福克纳书简选》230页）

1947年4月，福克纳与密西西比大学英语系学生见面，有人问，当代最重要的美国作家是哪五位。福克纳第一次回答时未把自己列入，在第二次回答时开列的名单是："一、托马斯·沃尔夫——他很有勇气，他的写法好像自己没多长时间可活了似的。二、威廉·福克纳。三、多斯·帕索斯。四、海明威——他没有勇气，从未用一条腿爬出来过。他从未用过一个得让读者查字典

看用法是否正确的词。五、斯坦贝克——我曾一度对他抱很大希望。可是现在，我说不上来。"(《园中之狮》58页)

这次谈话被捅给了新闻界，不久后，纽约的报纸登出摘要。海明威看后，大发雷霆，他让二次世界大战中的朋友 C. T. 兰哈姆准将为他做证，说明他在战火中表现如何。准将写了一封三页长的信挂号寄给福克纳，证明海明威当战地记者时有"特殊的英勇表现"。1947年6月28日，福克纳复了信。里面说：

谢谢你的来信。

你（所转引的）声明是不确切的，因为你所见到的文本显然不完整，原来的话里并无任何涉及海明威为人之处，仅仅是说他作为一个作家的技艺。对于他在两次大战中以及在西班牙的表现，我是清楚的。

4月里，应此间密西西比大学（我的母校）英语系的邀请，我会见了该系六个班级，回答了文学、写作方面的问题。在一次会见中学生让我列举最伟大的美国作家。我回答了，我本不打算这样做，我相信无人能回答这样的问题，可是（在再次请求之后）我想不妨跟学生说说我个人对同行的评价：这些人的名字从我们开始写作以来就和我的经常联在一起。我提到了海明威、沃尔夫、多斯·帕索斯、考德威尔，我说：

"我认为我们全都失败了（就我们谁也没有达到狄更斯、陀思妥耶夫斯基、巴尔扎克、萨克莱等人的高度而言）。而沃尔夫失败得最光辉，因为他具有最大的勇气：敢于冒犯低劣趣味、笨拙、乏味、沉闷的错误的危险；要就是一炮打响要就是把鱼雷全都白白放掉。其次是多斯·帕索斯,因为他为风格而牺牲了某些勇气。再其次则是海明威,因为他没有勇气像别人那样拖着一条腿爬出来,敢于去冒趣味低劣、不加约束、乏味沉闷等等的危险。"

现在所写的当然是经过推敲的。我当时却是随便说的,没有讲稿,因为我那时相信那是非正式讲话,不准备发表的。你的来信使我初次知道讲话已被发表,而且从你转引的段落看,是断章取义与不完整的。

我为此感到抱歉。此函复本会寄给海明威,并附去说明性的短简。倘有任何可以更正讲话的机会,我当尽力而为。(《福克纳书简选》251页)

同一天,福克纳写了那封"说明性的短简",这是他写给海明威唯一的一封信:

亲爱的海明威:

我为这件倒霉的蠢事感到抱歉。我只不过是想赚二百五十块钱,我原以为是非正式的,不发表的,否则我一定会坚持在发表前看一看是怎么写的。多年来我一直相信人类的一切灾祸都从口出,想不到自己却破了戒张口说话了。这也许将是我最后一次的教训。

我希望此事不致给你带来任何损失。不过倘若真的或何时何地会有,请再次接受我的歉意。(《福克纳书简选》252页)

布洛特纳在引述了这封信时说：福克纳"在结束短简时没有明显地表示收回的意思"。（布洛特纳：《福克纳传》484页）事实上不仅如此，福克纳后来一再重复他的"排座次"的说法，如1955年与哈维·布雷特，1955年在日本，1955年与辛·格雷尼亚。他反复说海明威"停留在自己所知的范围内。他干得不错，但是无意去做那不可能做到的事"。"他做他真正能做的，而且做得很漂亮，是第一流的，但是对我来说那不是成功而是失败……在我看来，失败才是最最好的。去试着做你力不能及的事，那超出成功的希望的事，可是仍然试着去做而且失败了，然后再一次试着去做。对我来说这才是成功。"（《园中之狮》81、88页）

还是先把视线折回到1947年来。7月23日，海明威从古巴回了一封信给福克纳。这封信很长，也很热情，从中可以看到海明威性格中可爱的一面。信中说：

亲爱的比尔：

非常高兴收到了你的信并为有了联系而感到快活。你的来信是今晚抵达的，请把所有别的都扔掉，误会呀或是会产生的别的一切，咱们都来把它踩扁。现在再没什么芥蒂了。我恼火过，布克（兰哈姆）也恼火过，但是就在知道真情的那一分钟我们立刻就不再恼火了。

我明白你说的关于托·沃尔夫与多斯的话的意思但是仍然不能同意。我从未感到与沃尔夫有任何共同之处除了北卡罗来纳这一点。多斯我一直是喜欢与尊重的但是认为他是个二流作家因为他耳朵不灵。①

  与大伙儿不同的是我从小就一直住在国外（就像雇佣兵或爱国志士一样）。我自己的国家消失了。树木被砍伐了。什么也没剩下只除了加油站，还有我们在草原上打沙锥鸟的那一小块土地等等。学外国话就跟掌握英语一样，但也同样忘掉了。大多数人不知道这一点。多斯总像个旅行家似的来到我们中间。我一直为自己的生存奋斗，付欠的账，总是待下来斗争。从能记事起我就是个没有根基的人，可是在失败之前每次都是奋战过的……情况从没有像现在这样糟糕。

  接下去那段读者应该比较熟悉，那就是号召福克纳向菲尔丁、屠格涅夫、陀思妥耶夫斯基、莫泊桑、司汤达、福楼拜挑战并要把他们一一打败的那一段。中译已收进《海明威论文学》（三联版）、《海明威研究》（社科版）等书。但是里面把福克纳捧得太高，令人怀疑其真诚的程度。信的最后说："不管怎么说我是你的兄弟，要是你想跟谁写信聊聊天我愿和你保持联系。……信写得乱七八糟，请原谅。向你表示敬意。愿意继续写信联系。"

  对于海明威的这封信，布洛特纳说，"显然，福克纳始终没有答复。"（《福克纳传》485 页）

  福克纳没有复信，但是对海明威的慷慨大度还是领情的。1950 年，海明威的小说《过河入林》受到批评家们的攻击，英国小说家伊夫林·沃打抱不平，写了封信给《时代》周刊，不同意全盘否定。福克纳也写了封信寄给《时代》，对沃表示支持。这

---

① 指听不出语言的细微差别，缺乏语感。

封信11月13日发表在该刊上。信里说:"沃先生干得好。我自己也愿意这样说。……我之所以未写信,原因之一是,写了《没有女人的男人》的一些篇章、《太阳照样升起》以及某些写非洲的作品(就这件事来说也包括所有其他作品中的某些——大部分)的人,是不需要保护的……沃先生也不需要我写此信来支持他。不过我希望他接受我这个战友。"(见福克纳《散文、演说辞与公开信》210、211页)

福克纳写这封信的时候还是个普通的美国作家,等这期《时代》周刊出版时,全美国都知道他是个诺贝尔文学奖获得者了。只有掌握了这个情况,我们才能明白为什么海明威对福克纳支持自己这么恼火,这个火当时海明威找不到由头发作,但是两年后,他找到了。而《纽约时报书评》周刊编辑哈维·布雷特搞了些小动作,更在两位作家关系上起了火上浇油的作用。

1952年,海明威的《老人与海》出版,布雷特去信约福克纳写书评。6月20日,福克纳给布雷特复了信,里面说:"几年前,我忘了在什么场合下,海明威说过作家应该抱成团,就像医生、律师和狼一样。我觉得在这句话里,机智、幽默的成分多于真理或必须,至少对海明威来说是如此,因为需要勉强抱团否则就会消灭的那种作家才像待在狼群里才能是狼的那种狼,单独活动时便仅仅是又一条狗。"总之,是说海明威甚至不需要另一个作家来为他说这番话。因为"没有人比他更加严厉地对待"自己的作品。布雷特把这封信寄给海明威——寄去的理由是他准备在自己的一篇文章里引用。海明威在6月27日写信给布雷特,先是重提"排座次"的事,再次说福克纳认为他是"胆小鬼",也已经向自己道了歉。可是如今又骂他海明威"仅仅是一条狗"!"他过去说我的好话……可那是在他得到诺贝尔奖之前。当我看到消息说他获了奖时,我给他发去一封祝贺的电报,用了我所知道的最美好的语言。他从未表示他收到了。多年来我一直在欧洲帮他建立声誉。……每当有人问起谁是最优秀的美国作家,我总说是福克纳。每逢有人要我谈谈自己,我总是谈他。……他棒球打不到九局,我从不告诉别人,更不说为何打不到,也不说他一贯的毛病出在哪里。可是他写信给你仿佛是我在求他保护我。我,一条狗。他发表了一篇演说(显然指诺贝尔获奖演说——笔者),很好。我知道现在或是将来他再也达不到那篇演说的水平了。我也知道我能写出一部更好、更直截了当的作品,不用耍那套花架子和修辞学。"

海明威接着说:"只要我活着一天,福克纳就得喝了酒才能为得到诺贝尔奖而高兴。他不明白我对那个机构毫无敬意。……他写得好的时候是个好作家,如果他懂得如何结束一部小说,而不是在结尾时像个'甜蜜蜜的拉依'似的醉成一摊泥,那么他比任何一个作家都要高明。他写得好的时候我爱读他的作品,可是老觉得难受因为他没能写得更好一些。我希望他走运,他也需要运气,因为他有个无法医治的大毛病:他经不起重读。你再读一遍他的作品时,你能一直意识到你读头一遍时他是怎么欺骗你的。……一个真正的作家应该能用简单的陈述句取得这份我们下不了定义的魅力。……如果他读了《老人与海》,愿意评论,那自然很好。可是不读就发表声明,那是胆小鬼。可我不想跟他争吵,也不愿跟他有什么不痛快,我祝他好运,也希望阿诺马托比奥县能像大海一样长久存在。我不想拿大海同他换县。他选择他的县。我觉得一个县挤得慌,不管是哪个县都挤得慌。"(《海明

威书简选》768—771页）

两天之后，海明威余怒未消，又给布雷特写了一封信，里面说福克纳根本不懂狼。他猎的是黑熊。而"我认为捕猎黑熊是一种罪恶"。福克纳不懂得熊，不懂得狼，也不懂得鱼。如果他读《老人与海》他是不会理解的，因为他的鱼是"猫鱼"。"我有时候真对那个县大倒胃口。任何需要家谱图才能解释的东西，需要世界上最长的句子才能使一本书有特色，这是不正常的。他准是看了别人的批评认为海明威再也写不出好作品，所以需要他挺身出来保护。也许是因为他获得了诺贝尔奖。一个乡下人肯定是会有这种反应的。"（《海明威书简选》772页）

对福克纳作品的内容与风格做出任何批评都是可以的，气头里故意表示自己记不住福克纳虚构的地理名称也无关大局，但是说他没有看《老人与海》则是不符合事实的。从福克纳9月29日给《谢纳道》的编辑托·H. 卡特的信（《书简选》342页）里可以看出，他给布雷特寄去过一篇评《老人与海》的书评，共有三段。但《纽约时报书评》不知为何没有刊登。卡特去信索稿，福克纳便建议他去向布雷特要一份附本。看来这件事没有办成，于是福克纳便重抄文章中的一段寄给了卡特。这就是发表在《谢纳道》1952年秋季号上的有名的书评，里面对《老人与海》做了很高的评价："这是他最精彩的作品。时间会显示这是我们当中（我指的是他和我的同时代人）任何一个人所能写出的最最精彩的中短篇作品。这一次，他找到了上帝，找到了一个创造者。"福克纳告诉卡特"这（篇书评）是真诚的，是挺合适的。……我不愿再重复了"。后来1953年《老人与海》获得普利策奖时，福克纳在他的《小镇》打字稿126页的背后起草了一封祝贺电报，看来是打算发给海明威的,是否发出就很难说了。1954年海明威也获得了诺贝尔奖,但未见福克纳有什么表示。

1955年,福克纳的《大森林》出版,海明威收到一本,但没有签名题词,估计是福克纳开名单让出版社寄的。海明威写信给布雷特这个是非之徒说:"我发现它们写得很好,领悟得很细腻,不过倘若他追猎的是会两头跑(ran both ways)的动物,我会更加感动。"(《书简选》850页)1956年7月3日,海明威给布雷特的信里说:"哈维你记住老爸的遗言:永远也不要相信一个操南方口音的人。如果他们不装假,是能和我们一样说纯正的英语的。"(862页)7月29日给布雷特的信里说福克纳这"婊子生的坏儿子""最可读的书是《圣殿》和《标塔》,《熊》是值得注意的,某些写黑人的东西还不坏。可是《寓言》却连放在宜昌都不配,那是人们从重庆运去大粪的地方"。(贝克:《海明威传》676页)

1961年7月2日,海明威逝世的消息传出,当时详情都不清楚,但是福克纳的第一反应却是:"这不是偶然事件。他是自杀的。"第二天福克纳还在想这件事,他对友人说:"海明威抗议得太多,他所显示的无畏与男子汉气概在某种程度上是一种伪装。"又说:海明威显然有病,但是这样做未免不够勇敢。"我不喜欢一个走捷径回家的人。"(布洛特纳:《福克纳传》690页)

1962年7月6日,福克纳也离开了人间,那是在海明威逝世的一年又四天之后。

准确地说,这两位作家只正式互通过一次信,以美国交通之发达,人们旅行的频繁,他们竟始终未有一面之缘。

从名家怀旧说起

好久没有给报刊写文章了。原因有二：一是自己的文章总上不了档次，有点气馁。坊间出了不知多少种散文选，据我所知，只有一种叫《名家经典怀旧散文选》的收进了一篇拙文，题目是"君匋师的'麻栗子'"。那显然不是因为"名家怀旧"，而是因为怀旧怀到了一位名家的身上，这我很清楚。二是因为在忙别的一些事情。出版社购到了出福克纳文集的版权，要先推出几部。我把两本旧译整理一遍，又补译了另一部中未译的篇章。这就够忙一阵的了。此外，还编了一部与外国文学插图有关的书，并为之写了篇长序。足足有半年，图书馆（不止一家）、复印社（也不止一家）与敝寓所组成几个不等边三角形便是我每天的活动路线图。要想跟踪我是很容易的。

做完这两件事，便再也没有原因不开始译《押沙龙，押沙龙!》了。这是公认福克纳最艰深的一部分。翻译进展极慢，每日仅得数百字。光是开头的第一句，就费了几天工夫才把它"摆平"。读者不妨先睹为快：

在那个漫长安静炎热令人困倦死气沉沉的九月下午从两点刚过一直到太阳快下山他们一直坐在科德菲尔德小姐仍然称之为办公室的那个房间里因为当初她父亲就是那样叫的——那是个昏暗炎热不通风的房间四十三个夏天以来几扇

百叶窗都是关紧插上的因为她是个小姑娘时有人认为光照和流通的空气会把热气带进来而幽暗却总是比较凉快，房间里（由于房屋这一边太阳越晒越厉害）显现出一道道从百叶窗缝里漏进来的黄色光束，那上面充满了微尘在昆丁看来这是年久干枯的油漆的碎屑是从起了鳞片的百叶窗上刮进来的就好像是风把它们吹进来似的。

这二三百个字是一句话，主要的成分是"他们……坐在"。这么长，却只有一个逗点、一对括号和一个句号。在语文老师那里肯定是通不过的。但是仔细琢磨，它却自有其魅力。除了气氛得到充分渲染之外，它还有一种张力：在历史与当前之间，已知与未知之间，厌烦与好奇之间的张力。正是这种张力，引导我们去探究与《旧约·撒母耳记下》中押沙龙的故事同样纠结阴森的秘密。

在书中，这样纠结的长句比比皆是。因此过了好长的一段日子，才译到第二章（全书共九章）。每天每天，都在苦熬（这正是福克纳爱用的一个词）中度过。美国福克纳研究者詹姆士·B.梅里韦瑟告诉我：把好几本福克纳作品译成法语从而使法国人注意到福克纳的莫里斯·库安德罗，晚年时曾对梅里韦瑟说，他一生中最遗憾的一件事，就是没有翻译《押沙龙，押沙龙!》。库安德罗译过《喧哗与骚动》《八月之光》和福克纳别的一些作品。说这些话时他已经译不动《押沙龙，押沙龙!》了。在我啃《押沙龙，押沙龙!》时，这个故事常在我心中激荡。

还是回过头来，说些有关福克纳的轻松些的逸事吧。1921年秋天，在一位密西西比州同乡、小说家斯塔克·杨的建议下，福克纳去到纽约。杨后来说，1920年夏天，他在老家遇到福克纳，发现他"情绪很不对头"，便建议他去纽约换换环境，再说这对他今后从事文学创作也会有好处的。福克纳正给密西西比大学法学院楼的尖屋顶刷油漆——他用绳子拴住自己，从最高处一点点往下漆。这个有点危险的工作让他赚到了一百块钱。他用其中的六十元买了火车票，来到纽约，和杨住在一起。而杨租住的是一个叫伊丽莎白·普劳尔的房子。普劳尔则正在经营一家"洛德与泰勒书店"。杨介绍福克纳进书店当售货员。不久后，普劳尔和作家舍伍德·安德森结婚，而安德森又是福克纳文学写作上的领路人。

福克纳后来说，他在书店里干了不久便给辞退了，因为他在"找零钱或是别的什么事儿上有点漫不经心"。不过按照杨的说法，那是福克纳又"漂流回南方去了"。1959年，有人访问伊丽莎白·普劳尔，她的说法则是：福克纳那时很内向，看上去像个英国人，下巴老是缩埋在衣领里。她强调说，福克纳是个很好的书籍推销员，但是他几乎侮辱了那些挑中了在他看来是毫无价值的书的顾客。他把一些好书塞给他们，说："别念那些垃圾，读读这一本。"其结果是，顾客们捧走一大摞一大摞的书。普劳尔还说，的确，福克纳账目上是有点拎不清，但是有一个优秀的会计帮他理顺这方面的事。

在一些福克纳传记里都可以读到这个故事。我则是主要取材自迈克尔·米尔盖特的《威廉·福克纳的成就》一书。

（1996年5月）

"有史以来最好的美国小说"

《押沙龙,押沙龙!》(Absalom, Absalom!)是美国小说家威廉·福克纳的第九部长篇小说,出版于1936年。

我们从福克纳1934年2月左右写给他的出版者哈里森·史密斯的一封信里,可以最早了解到他要写这部小说的计划与想法。福克纳是这样说的:"我相信这部小说我头开得很顺利。斯诺普斯和修女那两本都给我抛到一边去了。我目前正在写的这本将叫作《黑屋子》或类似的题目。它讲的是一个家族或者家庭从1860年到1910年左右所经历的多少算是激烈的分崩离析的故事,不过也没有听起来的那么沉重。小说的主要情节发生在内战和战争刚结束的时候;高潮是另一个发生在1910年左右的情节,这个情节解释清了整个故事。大致上,其主题是一个人蹂躏了土地,而大地反过来毁灭了这个人的家庭。《喧哗与骚动》中的昆丁·康普生讲述故事,或者说把事情串起来;他是主角,因此故事就不像全是虚假的了。我用他,因为那正是他为了妹妹而自杀的前夕,我利用他的怨恨,他把怨恨针对南方,以对南方和南方人的憎恨的形式出现,这就使故事更有深意,比一部历史小说更有深度。你可以说,避免了带衬框裙子和高顶礼帽的那个老套。我相信秋天我可以完工。"当然,后来福克纳放弃了《黑屋子》这个标题,而且他也没能在1934年秋天完工。那年8月,他给哈里森·史密斯去信说:"我春天写信时跟你说过到8月我会让你知道小说进展的具体情况。我此刻能告诉你唯一的确切消息是，我们仍然不知道它何时可以写成。我相信这本书还不够成熟，也就是说我还没到足月临盆的时候。我常常得放下它去挣些小钱，不过我相信还有更重要的原因。我写倒是写了一大堆，但只有一章还比较满意；我打算先把这事放在一边，再回过头去写《修女安魂曲》，此书不长，与《我弥留之际》差不多，而手头这本也许比《八月之光》还要长一些。顺便告诉你，我已经想出了一个我喜欢的标题：《押沙龙，押沙龙！》。故事是一个人出于骄傲想要个儿子，但儿子太多了，他们把他毁了……"

1935年2月，福克纳收到史密斯与哈斯出版公司预付《押沙龙，押沙龙！》的稿费两千元，在这之前，史密斯曾去福克纳处浏览过他的手稿。直到这一年的3月30日，福克纳才寄出这部小说的第一章。6月底，出版社收到第二章。7月，收到第三章。8月，收到第四章。10月15日，福克纳在完成的第五章上标上日期。12月，他在给一个朋友的信里说："原谅回信迟了，因为我此刻正在没日没夜地赶写。这部小说相当好，我想再有一个月就能见到它竣工了。"但此时的福克纳正沉浸在巨大的悲痛之中。11月10日，他的小弟弟迪安在驾驶福克纳送给他的瓦科（Waco）飞机时失事身亡。福克纳认为弟弟的死是他这做哥哥的一手造成的，因为是他鼓励迪安学飞行并且以自己的飞行爱好为弟弟树立了榜样。整整一夜，他帮助殡仪师把置放在浴缸里的弟弟尸体的脸弄得稍稍像样些，以致福克纳相信自己今后再也无法躺进一个浴缸洗澡了。他再次以威士忌浇愁。但他终于又振奋起来，因为只有写作才能给他带来安慰。1936年1月31日，福克纳终于写完《押沙龙，押沙龙！》并在稿子上注上日期。此时，原来出版福克纳作品的史密斯与哈斯出版公司因经济困难已由兰登书屋收购。是年 10 月 26 日，兰登书屋出版《押沙龙，押沙龙!》，初版六千册，另外印了三百本特别版。

福克纳自己对《押沙龙，押沙龙!》是相当重视的。他曾对一位朋友说，这是"有史以来一个美国人所写过的最好的小说"。他专门为此书编了一份大事记，一份家谱，并亲手绘制了一幅约克纳帕塔法县的地图，给人以这是他的"约克纳帕塔法县宝鉴录"的顶峰的印象。事实上，这也不是福克纳个人的看法。许多美国评论家、文学史家都认为这是福克纳作品中最重要，也是最复杂、深奥，最具史诗色彩的一部。

从表层意义上看，《押沙龙，押沙龙!》反映了美国南方 19 世纪下半叶至 20 世纪初的历史、社会面貌。但这还不是福克纳创作的全部用意。用他自己的话说，他要写的毋宁是"人的心灵与它自己相冲突的问题"，福克纳认为"只有这一点才能制造出优秀的作品。因为只有这个才值得写，值得为之痛苦与流汗"。（见其《诺贝尔奖受奖演说》）因此，我们应当领会到福克纳所写的并不是关于美国南方的一部历史小说，更不是以热闹历史背景映衬的一出"情节剧"。

在《押沙龙，押沙龙!》中，福克纳通过约克纳帕塔法县又一个家族，萨德本家族的兴起与衰落，表现了人与人、人与自己内心的种种冲突。这里写的是一个穷小子白手起家的历史，与别的世家相比，有其特殊性。在家庭衰落中，种族因素起了决定性的作用。此书与福克纳别的作品相比，又有其特殊性。由于这是一部充满悬念的作品，把关键性的"故事眼"——交代将是多余与愚蠢的。译者想着重关照的仅仅是：读者阅读时得付出较多的耐心。书中长达几页的句子比比皆是，句中套插入句甚至长长一段、整整一个故事，结构错综复杂，真可谓"剪不断，理还乱"。

还是回到原作本身上面来，介绍一下《押沙龙，押沙龙!》的叙事方式。如《哥伦比亚美国文学史》所指出的，这"是一部纯属解释性的小说。几个人物——罗沙小姐、康普生先生、昆丁和施里夫——试图解释过去"。这几个人物，老小姐也好，乡绅律师也好，大学生也好，其表述方式都是繁复式的，而且有各自不同的繁复。他们所描述的人物的叙事方式也大都是繁复式的，也是各有自己的独特方式，如托马斯·萨德本的模仿法庭用语。他们（讲述者与被讲述者）还都有一个通病——说话吞吞吐吐，欲说还休，是啊，他们也有自己的难处，有时是不知就里，有时是故意掩盖底细。这就给阅读者一种"神龙见首不见尾"的感觉。但是精彩处正是隐藏在一段段冗长、繁缛、抽象、故作高深（有不少作者或作者让自己笔底的人物生造——英文中叫 coinage，亦即"自己造币"——的词语）的文字之间，时不时，强烈的电光从乌云的裂隙间显现。在读《押沙龙，押沙龙!》时，我们像是在聆听韩德尔、巴赫等大师的一首多声部的"康塔塔"（Cantata）。在此起彼伏或惊惧或哀叹或仇恨的男女各种声音的"耶稣死了""啊，他死了""他被钉上十字架""有人背叛了他"之间，自有一股隐藏的张力在那里流动。

《哥伦比亚美国文学史》中所说"解释"，也就是演绎或是阐释。同一件事，不同的人看到的是不同的层面或刻面（facet）。而看者的主观感情色彩又各不相同。作者把这微妙处一一表现出来，还诱导读者一起，拼装成一个有史诗深度的悲剧故事，这里面除开作者的天生才能之外，在艺术构思上所用的心力，恐怕也只有擅作多层象牙透雕的中国艺人才能体会到。即使是一个粗心大意、不求甚解的读者,在"飞掠"过那些抽象议论,读完全书后,有些东西是会留在他脑子里拂之不去的。如:一些令人难忘的人物形象,托马斯·萨德本、查尔斯·邦这样复杂、多层次的主要人物不必说了,就连着墨不多的朱迪思(她的坚毅)、埃蒂尼·邦(他那受到扭曲的种族自尊心)也都栩栩如生,异常鲜明;一些惊心动魄的场景,如罗沙小姐下乡,克莱蒂纵火等,这都是美国文学中的脍炙人口的段落(一如我国的"风雪山神庙")。福克纳反复说这本书难写,绝不是偶然的。

感到艰难的不仅仅是作者与预料之中的读者,译者何尝不是这样。查了工作日志,动手翻译,是1995年1月12日,等把这部篇幅不算大的书译完已是1998年的2月9日了。那天下午4时45分,我将圆珠笔一掷,身子朝后一仰,长长地叹了一口气:总算是完成了。这是我译的第四部福著,我对得起这位大师了。今后我再也不钻这座自找的围城了。法国的福克纳专家莫里斯·库安德罗译过多部福著,唯独未译《押沙龙,押沙龙!》。晚年,他捡起此书想译,已觉力不从心,终于未能如愿,他因此极为后悔,恨自己没有在较年轻时做这一件事。相比之下,即使我的译文还不理想,但我至少是完成了这件事。我至少不会为没有做而感到遗憾。今后,我倘然还能拿出什么工作成果,那都是"白捡白饶"的,用北京土话说。

关于"押沙龙"的典故,这里亦应作一交代。据《圣经·旧约》,押沙龙是古代以色列国大卫王的儿子,事见《撒母耳记下》13—18章。那里说:"大卫的儿子押沙龙有一个美貌的妹子,名叫他玛。大卫的儿子暗嫩(看来与押沙龙、他玛同父异母,但

《圣经》中并未交代）爱她。暗嫩为他妹子他玛忧急成病。他玛还是处女，暗嫩以为难向她行事……"后来暗嫩设法玷污了他玛，又把她赶了出去。押沙龙知道后，一方面安慰妹妹，一方面伺机复仇。两年后，他借口让暗嫩帮他剪羊毛，吩咐仆人将暗嫩杀死。大卫王起先非常伤心，渐渐地心情平静下来，后来与押沙龙和解。但押沙龙设法笼络人心，为阴谋叛乱做准备。后来押沙龙叛乱，大卫王狼狈出逃，但逐渐稳住阵脚。两军展开激战，叛军大败。押沙龙骑骡逃走。当骡子从一棵大橡树下经过时，他的头发被浓密的树枝缠住，身体悬挂在半空中，最终被人刺死。当大卫王得知押沙龙死讯时，他"就心里伤恸，上城门楼去哀哭。一面走，一面说：'我儿押沙龙啊，我儿，我儿押沙龙啊，我恨不得替你死。押沙龙啊，我儿，我儿。'"在英语中，"押沙龙"已成为"宠儿兼逆子"的代用语，犹如汉语中的"孽障"。

　　从所引故事可以看出，福克纳笔下的故事结构与《圣经》出典不尽套合，仅有某些隐约相似之处。但小说中亲子之间的爱与恨，兄妹之间的暧昧感情，的确具有《旧约》的原始色彩与悲剧格局。

（1998年2月）

关于《福克纳随笔》的随笔

大约是在2004年吧，有出版界客人来访，问到可否再译一两本福克纳的作品。因为身体的关系，我早已不敢有此打算了，于是答道，福克纳未译的重要作品字数太多，我是译不动的了。但是有一本别人编的，收集了他的散文、序言与书信等等的杂集，有点意思，字数不算太多。你们倘能买到版权，我倒可以一试。因为此书我在写《福克纳评传》时曾经读过，其中的一些篇什我也译出过几篇，估计工作量不会太大。谁知版权很快就买到了，等我真正着手做起来，发现难度仍然是不小。其实自己译过的仅占其中很小的一部分。而许多文章涉及当时美国政治、种族与文化方面的许多问题，都得弄弄清楚才能落笔。记得我翻译此书用了整整一年，是在2005年4月间交稿的。大约过了一年多，我收到了编辑部寄回的提出修改意见的稿子，让我"裁定"。使我感到意外与高兴的是，"审读"稿子的那位，竟是我毕业的那所学校派去出版社实习的一位正在研读硕士学位的小师妹。她水平不错，工作也细致，所以确实提出了好几处应该修改的地方，那泰半是翻译时我那双昏花老眼看漏与看讹了的。更难得的是，她还为我补译了我原来认为可以略去的一个原注。为了这些，我曾特地去过一信向她表示感谢。这以后大约又过了一年，在今年的2月9日的上午，我在差不多一个小时之内，先后收到了三种刚出炉的自己著、译与编的样书（这恐怕是文人一辈子也难得遇到的事，我对家人戏称这是"连中三元"）。而其中之一，便是这本最后被出版社定名为《福克纳随笔》的二十万字左右的书。

这本书的全名应为《威廉·福克纳的随笔、演讲词与公开信》，是福克纳去世后于1966年出版的。编者为詹姆斯·梅里韦瑟。后来仍然还是这位编者，又于2004年根据他所整理的福克纳遗稿以及其他方面的材料，增补了此书，扩充了大约三分之一的内容。因此，可以说，这里已经大致包括了福克纳成熟时期除了小说、诗歌、童话、私人书信之外的全部作品了。梅里韦瑟自己认为，本文集"可称得上是福克纳全部作品中一个具有高度重要意义的组成部分"。

梅里韦瑟还说："从这本非小记性质的文集的每一个篇页，都可以窥见作为艺术家以及作为人的福克纳的某个方面。"事实上确实如此。例如，篇幅较长的《密西西比》，原系应软性杂志《假日》许以当时的最高稿酬（三千美元一篇）之约而写的导游短文，可是福克纳却是"你打你的，我打我的"，洋洋洒洒，足足写了三万字（合中文），乘机把他家乡密西西比州（包括也叫密西西比的那条"老人河"）的历史沿革、地理概况、民间生活，一直到大河泛滥的景象，都一一表现得淋漓尽致，有声有色。内中还穿插性地写到福克纳自己，特别是他与黑人的亲切感情。如写带大福克纳的卡罗琳大妈，她出于某种心理，特别喜欢在家中高朋满座的时候，打发福克纳当时只有四五岁的女儿，跑到客厅大声喊叫："爸爸，大妈要我告诉你别忘了你还欠着她八十九块钱呢。"福克纳又写到家中另一位叫纳特的黑人大叔，他伺候过福克纳从曾祖父起的三代人，以至"在说话、走路上都与他们相像"了。他老糊涂时甚至会想象自己是福克纳的祖辈，用他们的口气说道:"我要你给我倒一丁点儿威士忌……然后宣讲你最为得意的那段布道词。"这样的描写,都是能与福克纳《去吧,摩西》等作品中对黑人形象的生动表现相互呼应与补充的。

集中更多的是较短小的文字。最出名的有《诺贝尔奖演说词》《在卡罗琳·巴尔大妈葬仪上的布道词》《阿尔贝·加缪》《"他生前的名字是皮特"》等等。它们已多次为我国出版的各种外国散文选编入,因而为读者们熟知。更多的文章虽然重要,却从未全文介绍过。如福克纳为《喧哗与骚动》先后所写的两篇前言、《现代文库版〈圣殿〉序言》等等。这都具文献价值,可以从中窥见福克纳的写作动机与文艺思想。中文版《福克纳随笔》的前勒口处,出版者介绍说,福克纳是"美国最有影响的现代派小说家之一"。这也是我国通行的看法。但是原编者在其《前言》中却更推崇其所提到的沃伦·贝克的看法。梅里韦瑟是这样说的:"沃伦·贝克在他的书中(指《福克纳:论文集》)多处提到《诺贝尔奖演说词》,认为它是一个突出的例子,使我们能通过福克纳的非小说作品更好地了解作为小说家的福克纳,同时他的非小说作品又是与他的长篇、短篇小说密切相关的。(这篇演说词)明确宣告了他全部小说所蕴含的主旨是什么,以及他坚定的人道主义的现实主义者立场。""人道主义的现实主义者""以表现南方风土人情入手深刻刻画人性的作家",这些则是目前美国较普遍的提法。由此看来,如何准确界定福克纳的文学归属,恐怕还是个需要进一步探讨的问题。

美国的评论家经常推崇福克纳作品中的幽默特色,这一点似仍未被国人充分注意到。因此我想列举出本文集中的几处,以供读者玩味。如:在《评欧内斯特·海明威的〈老人与海〉》一文的结尾处的那句"赞美上帝,但愿创造出、爱与怜悯着海明威的那种力量——不管那是什么——约束住海明威,千万别让他再改动这篇作品了"。这样一说,就使人不知他到底是在褒扬还是贬损海明威了。又如:在报上所登的一则启事里说,潜入他地产的"某些对自己森林技艺与枪法信心不足之猎人在危险的凶悍的野松鼠面前难免心存怯懦,容或会乐于将它们权当枪靶。此数处树林亦为本人放牧马匹与奶牛之地;迟来之猎人还会发现此处除牲畜外还有为数甚夥的先来者。兹特祈请后到之猎人先生万勿将枪弹对准上述两种动物,至盼至盼"。这里显然已把"先来者"划归为"动物"中的一种。后来者是什么,自然就不言而喻了。又比如:在1936年6月在州与县两级的报纸上刊登广告,说:"对于威廉·福克纳太太或埃斯特尔·奥尔德姆·福克纳太太所签的赊款、欠条、发票或支票,本人概不负责,特此声明。"这一例子亦可证明批评家罗伯特·潘·沃伦所说的话是一点也不错的。沃伦是这样说的:"无论怎样,福克纳作品中的幽默的目的绝不是在于幽默本身。它一般是用以启示和导致其他的效果。"(见与《福克纳随笔》中译本同时出版的《福克纳的神话》一书的第66页。)至于这条广告有没有能煞住福克纳太太的大手大脚的"购物狂"作风,由于几种福克纳传记里都未提到,我们也就不得而知了。福克纳的女儿吉尔比我小三岁,还活在人世,但是这种问题是不好去问的。

| 有人喊 encore，我便心满意足 |

故乡水

就连珠海本地人也未必清楚白藤湖国际金融度假村究竟在什么地方。我们几个人在广州下了火车，坐了三四个小时的士，被拉到珠海市区的一个度假村，才知道这并非要去的地方。于是又坐两回的士，花了一百多块钱，还坐上轮渡横穿过一个海湾，才在饥肠辘辘中来到目的地。我们是来参加第一届"海峡两岸外国文学翻译研讨会"的。

尽管经过不亚于方鸿渐去三闾大学的折腾，来到这里，我还是很高兴。我是广东人，而且是中山县的，而珠海过去是中山的一部分。我这个出生在上海只回过一次广州的中山人总算回到老家了。度假村是很现代化的，但是一出门，路旁的竹篱后面，便可以见到农民一家围坐在歪歪斜斜的方桌旁吃饭。佐餐的除了蔬菜，也就是咸鱼虾酱一类当年我祖母常吃的东西了。那个跪在长板凳上进食的细脖颈留"铜盆头"的"细蚊仔"，不就是当年的我吗。小铺里除了卖可口可乐与生力啤酒外，还挂着一串串大蕉。那就是小时候阿婆往我嘴里塞的又黏又滑、带点酸味的生果了。时已十月中旬，但是在太阳底下，皮肤仍然感到灼烧，花树也格外浓艳，和北方的沉郁、江南的秀丽就是不一样。

我终于来到我从未到过的故乡了。我是纯粹的广东人，父亲是香山县的，母亲是南海的，与康有为同乡。不管填什么表格，我从来都是在籍贯一项里写上"广东中山"四字，虽然我出生地是上海。但在上海我也总被人称作"小广东"。现在广东话又时髦起来了,听着那种不伦不类的"粤语",我简直要起鸡皮疙瘩。他们哪里懂得广东话的妙处!我们广东人管小气叫"姑寒"(孤寒),想必小姑嫁到寒微之家,势利的嫂嫂鄙薄她,才这么叫出来的。我们叫神气活现为"沙尘",在我想象中,是某个恶少领了一彪人马扬长而过,卷起一天尘土,遭到细民们的唾骂。我幼时外婆教我唱的儿歌是:"鸡公仔,尾婆婆,三岁孩儿学唱歌!"

可是我无法寻找我的故园。的士驶入中山境内,穿过石岐镇,从车窗望出去都是高楼大厦。我只知我的老家是石岐附近的茅湾村。什么区,什么乡,一概不清。但到了珠海也就是回到老家。在白藤湖边,我脱去鞋袜,听任湖水涤洗我的走了千里来到这儿的双脚。湖水是多么的清多么的温暖,荇草款款漂荡,是多么的温柔,似在轻轻抚慰归来的游子。不远处有条小舟,女的撑着篙,男的撒着网,这不就是我的祖祖辈辈熟稔的景象吗?当然,偶然也有机船驰过,发出了突突突的声音。这汪碧水哟,都要把我的心溶化进去了。

赴珠海前我曾写信给在上海的老父亲询问故乡的情形。但是回到北京又去一信之后,我才收到他的回信。信中说:

你在9月25日曾来信问我,想到茅湾去看看老家,问我有什么熟人。我收到信后,真是没有办法讲出来!

我从八岁离开茅湾后,已有八九十年了,老的已经过世了,年轻的都不认识!我的房子一共有两间,一间给张润婆住了,还有一间给他儿子、媳妇等住了!而且房子都很小的,房子后面有菜园及禾场、果园等,到现在已经大大变动了,或者归公了!

我的母亲是乌石乡人士。她一家有很多人,有四姊妹、两兄弟:大舅父叫郑惠贞,早年出国美洲,在那里开了一间杂货店,后来叫他的儿子阿山继续他的位置,惠贞独自还来乡下,在抗日期间,我在香港渣甸洋行任职,惠贞舅父曾与我通过信,来叫我帮助他孙子交学费。关于二舅父惠回,早年已过世,他的孙子阿佩在1950年(疑是1930年——文俊注)左右来上海曾在怡和洋行栈房做过工作,后来日本侵略期间不幸去世。

听说阿佩的母亲也住在茅湾村,对于我的房子等情况,她都知道的。

其实茅湾村离开澳门是十分近,一望就可以看到澳门。

的确,我小时候听老人讲到澳门时,总叫它为"澳门街",口气中那仿佛是隔三岔五总要去赶集的一个小镇。

倘若时光倒流回去二十年,不,哪怕是十年,我是会设法留在珠海,找份工作,慢慢寻访我的茅湾村,像听音乐一样听阿佩的孙辈讲纯正的、带拖腔的香山话。

艰难前进

关于我学习外语的事,真不知从何说起才好。因为,坦白地说,我在这方面至今心里发虚。我的英语只能说是大致过关。别的外语也曾学过一些,但是都已还给老师了。

我小时候,从小学三四年级起便开始学英语,但我看那没有多少用。到五六年级时,太平洋战争发生,香港沦陷,我父亲九死一生逃回上海。他失业在家,无事可做,便想起给我补习英语。我记得他买来一本商务印书馆出版的梅特林克的英译 *The Bluebird*(《青鸟》)。那是个童话剧,文字生动浅显,大概是我第一个勉强从外文读懂的文学作品了。想不到从此开始,结上了与外文、外国文学的不解之缘,也想不到几十年后,我有机会译出梅特林克的另一个剧本《圣安东尼显灵记》。此剧还蒙施蛰存老先生看中,收入了他所编的一本《外国短剧选》。

小时候,我弟弟读的是林语堂编的开明书店英语课本,内容生动,还收有一些英语歌谣,如 "Baa, baa, black sheep, have you any wool? Yes, sir, yes, sir, three bags full"。我听他念,也就记住了。里面小孩的问话声调一点点提高,老羊的回答则越来越低沉,让我觉得挺有趣。这大概就是自己与英语诗歌的最初接触了。这里的音调抑扬顿挫与韵律美(如头上三个"b"音和两个尾韵)开启了我对英诗这一方面的感性认识。此外,我母亲在苏州教会中学上过学,会唱一些英语歌曲。家里来了客人,常会聚在钢琴前唱上一首"My bonnie is over the ocean, my bonnie is over the sea"或是"In the gloaming, oh my darling, when the lights are dim and low",等等。这对我来说,也许既是音乐上,又是英语听觉效果方面的启蒙课吧。反正接下去那句"softly come and softly go"是很让我迷醉的,虽然当时我不可能明白,"softly"是"轻轻地"的意思,但那声音本身听着就觉得非常温柔了。至于今天的儿童不断听到从电器里发出的哀鸣"Love, oh love, oh careless love",日后在外语学习上会受到什么影响,那就不是我所能料到的了。就我自己而言,如果说小时学外语有什么收获,我想无非就是在语言直接感觉与艺术敏感上多少得到一些启发与磨炼。除此之外,再想得到更多的什么,恐怕也只是一种奢望了。

接着,我进入中学。我之所以对英语课有一种亲切感,一方面是成绩还算可以,另一方面是那位女老师人很温和(也许应该说是"温柔"),使我不忍心因我功课不好而使她感到不开心。我记得有一次举办英语演讲比赛,我自以为能拿到第一,结果只得到第三名。这使我伤心得号啕大哭,这位朱老师把我揽在身边,好言好语地劝慰。高中时一位陆老师也能像同辈朋友那样对待我们,上课时见我们困倦便会穿插讲一个与英语有关的笑话。例如,问我们"Don't you see?"发音像不像上海话里的骂人话"大屈死"?于是学生哄堂大笑,睡意全消。我在这两位态度特好的老师教诲下,取得了中等偏上的成绩,这是至今都要感激他们的。

记得在初中时,我们采用的是一本李儒勉编的英语教科书,内容偏深。里面有一课是美国作家 Washington Irving 的 *Rip Van*

Winkle（原作很长，那里收的必定是选段了）。开头第一段那几句，直到今天我差不多还能背下来："Whoever has made a voyage up the Hudson must remember the Kaatskill mountains. They are a dismembered branch of the great Appalachian family, and are seen away to the west of the river, swelling up to a noble height, and lording it over the surrounding country. Every change of season, every change of weather, indeed every hour of the day, produces some change in the magical hues and shapes of these mountains, and they are regarded by all the good wives, far and near, as perfect barometers."老实说，今天要让我译得好，还得费些力气，因为它句式变化多样，词汇丰富，语言华赡，声音铿锵，还加上各种各样的插入语，而这种偏于繁复的修辞方式正是为再现富于变化的景色而必须采用的。我当时背是能背了，也隐隐约约感到它的美，却无法理解每一个词（如为什么说是"seen away"，在古诗中该用"远望"二字了吧？）与每一处的语法结构。但不管怎样，自己的美学欣赏范围无形中还是得到一定的扩大。想不到几十年后，自己从事对文字特别纠结的威廉·福克纳的研究与翻译时，少年时的感受又依稀重新浮现。看来，年轻时多开开眼界，广泛接触各个时代各种风格的英语作品，即使当时不能全懂，总还是有些好处的。

在高中时我开始编译些小东西，向上海的晚报副刊投稿。多投几次后也蒙采用了。虽然得到的稿酬微不足道——扣掉领稿费时用的车资也只够买一只三角包的花生米，但这样的经历还是给我带来刺激与欢乐。这使我进入大学后继续在这一条路上往前走。从大三时起，我和两位中学同学合译的两本书相继出版。这就"奠定"了我后来所走的外国文学编辑、翻译与研究的道路。

我在大学里念的是新闻系,赵敏恒先生教过我"英语报刊选读"。赵先生免费发给学生他买来的英语刊物。我记得念过一篇 *Why People Snore*,是典型的 *Readers' Digest* 风格的美国科学小品。赵先生清华外文系毕业,做过路透社记者,外语水平自然很高。我有一次问他翻译中遇到的一个问题"regiment colour",原以为他总要看看上下文的,怎知他连眼睛不眨便告诉我,是"团旗"之意。另一位先生伦敦大学新闻系出身,但有一次竟把"thanks to"(由于)解释成"谢谢",遭到外文系来听课的一位女生的以提问形式表达的诘难,使我们新闻系的学生感到脸上无光。

蒋孔阳先生当时也在新闻系教书,当然,不是教英文。他对我说过他是怎样攻克英语这一关的。他曾从头到底细细啃读过 Thomas Carlyle 的 *On Heroes*,*Hero-Worship and the Heroic in History*。等全书啃完,他的英语水平也明显提高了一大截。我想,这也不失为一种办法。

新闻系的外语课没得好上了,我便尽量多选外文系的课。但尽管如此,我仍然不能算是科班出身。因此,前些年复旦外语系曾托人约我去"讲学",我近乡情怯,婉言谢辞了。

我的英语水平后来有所提高,现在揣摩起来,大约有两个原因。一是念了俄语。通过对两种外语的比较,许多以前模模糊糊的英语句法、词法上的一些问题,顿时变得很清楚明白了,连整个人也好像变聪明了些。另外一个原因更为重要,那就是通过做编辑工作,我向上级、同级乃至下级学习,向供稿的专家与一般的投稿者学习。学了一年一年又一年,直到退休。前辈如萧乾、朱海观、罗书肆在我改过的稿子上再加工，使我知道，哪些地方改错了，哪些地方本可不改，哪些地方应该改我却没看出来。这对于我，都是在上课，在做作业。当然，外面的译者更是我的老师了。我经手发过稿的译者的名字，几乎能构成一部近代翻译史：周作人、傅雷、邵洵美、董秋斯、叶君健、丽尼、卞之琳、杨周翰、王佐良、周珏良、赵萝蕤、吴兴华以及杨宪益、冯亦代、杨绛、李赋宁、屠岸、绿原……实在难以一一列举。这些先生的译作，我都经手过也就是用心学习过。看得多，眼界自然有所提高。这样，即使自己手低难以追随名家，比起在井底称王称霸的青蛙，总多多少少要占些优势吧。

（此文系应《英语学习》"老马识途"栏要求所作）

从未出过那么多汗

我从小便是个平凡的孩子。爱玩,却不算特别调皮。我从未被人目为天才,不像张爱玲在她的《天才梦》里所写的那样。只是在进入初中以后,我发现我作文写得比别人快,而且也有几次被老师选中,贴在墙上,供同学们欣赏评论。

从那以后,我开始向报纸投稿。第一次录取大约是在1947年,那是三五百字的一篇短文,写的是什么我已记不清。但印象很深的是收到稿费通知单后的激动心情,我从未出过那么多的汗。接着,我在规定的时候揣上"私章"——那都是通知单写明必须照办的,瞒过家人,去完成一件大事。我搭乘22路公共汽车——20世纪40年代在上海住过的人应该还记得那种粗笨、酱红色的车子,在河南路四马路一站下车,又走十来分钟,来到当时报馆林立的望平街。我找到那家报馆,走上楼梯,推开斜支着两根铿亮铜棍的玻璃门,几经打听,终于找到出纳柜台。那柜台相当高,我的眼睛仅能刚超过闪闪发光的大理石台面,瞥见那位戴金丝边眼镜的出纳小姐烫得蓬蓬松松的头发。稿费拿到多少我已毫无印象,但有一点是可以肯定的:扣去了来回车资,那点钱也只够我买一个三角形小包的花生米了。

从此以后,我这么拐,那么绕,通过念新闻系,当编辑、搞翻译、写论文,千方百计地向文学靠拢。我没有写出鸿篇巨构,更没有富起来,但这不要紧。我的工作就是我的娱乐。我成天与文学巨匠们亲近,直到深夜他(她)们还在向我喃喃细语,与我"耳鬓厮磨"。当然,我自己也写一些小东西,它们不值一提,但是这无关紧要,在写的过程中,我宣泄了自己的苦闷,玩味着些许的创作喜悦,也就是说,是在实现我儿时的文学梦。我知足了,因为我本来就是个平凡的人。

爱玛，这就是我！

一过七十五岁，又患过重病，就连梦中也在想赚钱的旅行社，也不敢将我这样的"危险分子"拉进花样繁多的"夕阳红×日游"行动了。剩下来能让自己 kill time（杀时间）的，除了玩玩假古董，便只有写点小文章和译些东西了。文章写着写着，"囊底渐渐空上来"，笔头自然日见枯涩。翻译方面，倒时不时总会有位"不忘旧情"的编辑相与邀约。所以2000年病后近十来年所译的东西，竟比上班四十年业余时间所译的，还要多出一些，而且面也广，早已不限于曾使我"浪得虚名"的福克纳作品了（当然，福克纳这方面还陆陆续续在搞一些。我巴不得有青年才俊来接班，绝不会想到那是在"摘桃子"的）。只要无须赶时间，又不是和自己性情格格不入和篇幅太长、太艰深的作品，我还是很愿意像锻炼身体那样每天译上几百到一千字的。而且我自觉有点像是进入了一种新的境界，我想用"神驰八极"这样的说法来戏称我近年来所做的翻译工作。因为通过爬格子转换文字，我像是进入了一个个为我从来都不了解、连想象都想象不出来的世界，进入了一个又一个无比新鲜的精神世界。我逐渐学用书中人物的身份来说话与思考，真有点像一首歌里所唱的那样，是在"快乐着你的快乐"，"悲伤着你的悲伤"了。

就拿美国前总统里根的夫人南希·里根来说吧。我译过她的《我爱你，罗尼》。现在看来，在搞垮苏联东欧集团上，里根显然起过很大作用。但是对他应作如何评价不是我管得着的事。而且即使他从未当过总统,也不妨碍他与南希成为一对情深意切的恋人和夫妻。一直到里根老年痴呆连妻子都认不得了,南希依然在眷恋着他,体贴着他。这样的感情委实不多见。所以在翻译他们的情书哪怕是一张小小的便条时,我也是惊喜不置、歆羡不已。这也使我联想起若干年前译过的美国女诗人 H. D. 的一首诗《群星在紫光中旋转》。那里面歌颂了始终固定在天顶的北极星,说它也许不像别的星那么"明亮耀眼",但是却:

……显得清醒、矜持、冷峻,
当所有别的星摇摇欲坠,忽明忽灭
你的星却钢铸般一动不动,独自赴约
去会见货船,当它们在风浪中航向不明。

在译这首诗时,我不禁忆起了"运动"中自己倒霉时,仍不避嫌疑与自己见面的亲人与朋友。

在翻译中能想起北极星,感受到它的坚定,这也可以算得上是"神驰八极"了吧。

几年前与老友蔡慧(已病故,他一辈子都在勤勉翻译,译笔忠实优美,得到的人生回报却那么少,但愿他的在天之灵能得到更好的照料)在五十年后再度合译了一本书:简·奥斯丁的《爱玛》。译完后,我在《前言》里写道:"在译者翻译……的过程中……逐渐认识了爱玛这一有着各种优点与缺点的活生生的形象,同时也通过这面镜子的反照,能对自我有比以前较深一些的认识。说到底,阅读文学作品最大的益处无非就是通过这一智力活动，帮助自己更深刻地了解自我、他人，认识社会与这个世界。"我在爱玛身上看到了我自己和周围人的许多通病。直到此时，我才对福楼拜的那句名言有所顿悟，他的原话是："包法利夫人，那就是我！"我体会到人（当然不仅仅是我一个人）在世界上最重要的精神活动便是认识自我与洗涤自己灵魂上的污垢。"忏悔吧！"这句19世纪末流行过的口号（曾出现在鲁迅仙台的课桌上）仍未过时。

大约半年前，有家出版社约我翻译英国儿童文学名家米尔恩所写的两本关于小熊维尼的故事，这倒是我乐于从事的一件事。因为福克纳1927年前在回答一家报纸的询问"自己最愿意写过的书是哪些"时，曾回答说，是《白鲸》《摩尔·弗兰》和《想我们曾多么年轻》。而最后的那本，正是米尔恩的儿童诗。我在译完《小熊维尼阿噗》后，写了一篇后记《我们都是阿噗》，里面说："本书是英语儿童文学中的一部名著，自1926年出版以来，经久不衰。这本书不但少年儿童爱读，成年人看时，也常常会发出会心的微笑。这不仅是因为这本书能使他们忆起自己的童年，而且是时不时会感到作者对人性具有相当透彻的理解。书中的阿噗与其他动物，形式上是动物，但是又都通人性。它们身上的毛病、弱点、缺点、特点（应该说也还有不少质朴的优点），种种憨拙可笑之处，我们自己的身上幼年时有，长大后仍然也有（只是隐藏伪装得更深罢了），直到今天七老八十了不但未能褪尽，反而'返老还童'，倒是更加昭彰了。我在译的时候，总是不由得觉得：这书中所写的不就是我吗？不就是我周围的芸芸众生吗？阿噗是我，我也曾是与仍然是阿噗，我就是阿噗。我们大家都多多少少也是阿噗。英国人是阿噗，我们中国人也一样是阿噗。大家都同样具有阿噗一伙的种种小毛病，例如：有点儿自私偷懒，却又不肯老老实实地承认，总要找出理由来自我辩解和自我原谅，明明自作聪明，做错了事，吃了亏，却还要自我譬解、自我安慰而且还会自鸣得意（这一点简直有点像鲁迅笔下的阿Q了）。不过阿Q是鲁迅用蘸着酸液的自己的血写成的，而阿噗则是米尔恩微笑着用自己的泪写成的。"

我接着写道："福克纳在答某报时说：'我自然会非常一厢情愿地希望，我能够比米尔恩先生更早就想到了其中的一切。'足见米尔恩所写的与他所想的有共通之处。而作为译者，我也竟是这样。我译着译着，自己就渐渐成了阿噗。"

这两本书，中译本已有不少，包括前辈任溶溶先生的在内。我自然不见得能译得更好。但我在阅读原文时，常能发现一些与英语文化、英国人性格有关的妙处，便试着用稍稍调皮一些，甚至态度上不无"放肆"的方式，用更趋于"神似"而字面上不过于拘泥原文的文字，尽可能将原文中，特别是双关语与阿噗的那几首诗里的童趣，传达出来。但要说做到了"曲尽其妙"，那是绝对不敢的。

译完了两本童书，又应约译了艾丽丝·门罗的短篇小说集《逃离》，这位加拿大女作家已经渐有登上英语文学中首席短篇小说家的趋势了。接着还应约译了T. S. 艾略特的《大教堂凶杀案》。他的诗大抵都已有不止一种中译，但诗剧却从未有人译过，我很荣幸，得以取得这个"第一"的位置。发表时有陆建德先生的文章对该剧所写的历史事实作了详尽清楚的解释，连作为译者的我，也获益不少。可惜翻译时尚未能读到。译文在《世界文学》今年第一期上发表后不久，我很快收到山东一位读者的来信,说他已"选定了此剧,作为接触宗教的第一步"。他愿意这样做,想必有他自己的原因。但我还是有虚荣心的,所以很高兴地看到他接着说,这出诗剧"在您的手下被译得很有韵律和美感……很多句子完全值得背下来。总的来说,这本书真的很好看,这也许是最高的评价"。使我很高兴的是,他所引出认为精彩的一些诗段,主要是剧中的"合唱队"的唱词。而我自己觉得,自己唯一能与剧中人物引为同类的,也恐怕只有那个"合唱队"了。我不是英雄,也不是恶棍,我是处在剧中背景处的合唱队中的一员,但是我看到了一切,也还有些自己的想法。

除了以上所提到的之外,我还译了别的几本书,此文不是工作汇报,就不一一胪列了。幸亏译福克纳的《圣殿》的不是我。否则,在逢到译者被问到自己像书中的谁,像福克纳有一回那样,被一位女士问到作者是书中的谁时,说不定也会忍不住要幽上一默,沿用福克纳的回答,说"夫人,是那只玉米芯"了吧。

生日礼物

前几天坐地铁上班，耳朵里传来一阵阵架子鼓的敲击声，还以为路经某家发廊。后想：荒唐！地底下十来米哪能听到市声。环顾左右，发现斜对面有一年轻人戴着耳机在听 Walkman。天哪，他音量未免放得太大了，耳膜还想不想要？这时一个想法冒了出来：我决不给自己的儿子买这玩意儿。

儿子的生日快要到了。去年这时候，闹哄哄的，他的生日不知不觉就过去了。今年总该有所表示。不过，买什么呢？

上海的情形不知道怎样。这几天，北京外文书店在出售一种《彩色国际版牛津百科大辞典》。因为售价太昂，要二百三十元一本，售货员小姐不让翻阅，只能"遥看"。越是这样，我偏想了解。于是让单位去买回一本，工具书，编辑部总有用的。

插图本的外语词典过去不是没有买过，翻了几天都束之高阁了。原因是它既然有图，词条与释意便不会详尽，且无例句。对于我这个想穷究一个词的底蕴与用法的人来说，用处不大。插图也是单色线条，许多内容表现不出来。现在的这本又是如何呢？

我把这本两千一百余页的大辞典（台湾旺文社 1989 年版）翻阅了几天之后，得出初步结论：该书封套勒口所印的"本书十五大特色"，诚非虚言。

先说词条，编者说收有十二万条，例句十万句，那就与郑易里的《英汉大词典》不相上下了。至于准确性，由于是根据《新牛津插图辞典》"增订编译"的,估计不会有什么问题。文字部分,容或比不上美国的 *The World Book Dictionary*,插图方面的优点却是不容低估。我看在插图内容新鲜、印制技术先进上,它确实超过了我所见过的别的以插图多为特色的百科辞典。

据介绍,全书收录的彩色照片与分解图片共五千余幅,其中不少是整页大小的(28.7cm×21cm)。许多用文字说不清的事,一看图片,马上就明白了。比如打结的"结",那么多种,怎么说得清呢?(难道真要这样写吗:"先用一绳左端压在该绳右端之下,然后由上弯过……)《百科大辞典》1007页有一张插图,上有十九种结,并附原文与译文。英国的"巨石柱"(Stonehenge),在电影《苔丝姑娘》里见到过,到底是怎么一回事,不清楚。该书不但有实物彩照,而且有说明其与日出、日落方向关系的图解,从中不难推测石柱与不列颠先民太阳膜拜的因缘。不少人读书时遇到众多的希腊神道,感到怵头。读到"Eros"条旁的优美的油画,会使你再也不会忘记伊柔丝与赛克的形象。过去读莫泊桑的《一生》,对与故事有关的诺尔曼海边的"大拱门",始终不甚了然。书中不但有莫泊桑的照片,也有"大拱门"的彩图,并注明高达九十米。《辞典》里的动植物照片也很珍贵。"hibenate"(冬眠)条旁的全页彩照里那只甜梦中的小田鼠,顿时使我对鼠辈的厌恶减轻一半。狗类里的什么"獒",什么"狽",猫类里的什么"tabby"(银毛虎斑猫),毛姆写到过的"casuarina"树(木麻黄),从《辞典》里都可以见到真面目。

不久前读到老友梅绍武的一篇文章,说他所以走上学外语的道路,是因为儿时在父亲的书房里见到众多琳琅满目的外国画册。我不敢奢望天资愚鲁的小儿成为梅绍武第二,但是有了这本辞典，他的外语兴趣至少会有所提高。于是我搜尽了抽屉里的现款，冒着大风骑车去五道口买回一本，并且觉得与四五百元一只日本进口的 Walkman 相比，实在不能算贵。

(1990年9月)

收藏者的自白

北方的隆冬，你得在黑乎乎的街上跟外地打工仔挤头班公共汽车。坐个把小时，又走上十分钟，这才来到古玩市场。这里狂风卷着黄沙，摆露天摊的商人冻得顶不住时，便把摊子撂给邻摊照看一下，自己上稍稍暖和处去"抽根烟"。而你，别的一些老头儿，还有操闽南腔"国语"的台胞、韩国文物贩子、金发碧眼的老外，却流着鼻涕，蹲下僵直的腿脚酾寻起来。有时一上午你都会一无所获，但临走时却瞥见有件宝贝在阳光下朝你眨眼，对你微笑。一面半边锈烂的青铜镜呀，一座缺了个角的开片石榴尊呀。铜镜上西汉蟠螭的后臀仍在扭动，让你像个老色鬼般怦然心动。石榴尊大大的肚子像个孕妇，上面忽又收小，显出少女的身段，它还披一身薄如蝉翼的"金丝铁线"。你装出一副若无其事、半死不活的模样——经历过那么多次运动，这点本事还没有吗？对着边上一件俗里俗气的帽筒或绣墩，发起"佯攻"，价钱自然是谈不拢的，你本来就不"诚心"。你抬腿要走，却漫不经心地回眸，点点你相中的那件，吐出几个字："旁边那件残了的呢？"他开了价，不会太高，因为此时他已不设防。你拿起来看看，确证是件好玩意，而且没有不可原谅的毛病。撂下，扔给他一个价儿。也别低得离谱，不然他会认为你在打哈哈。总得让他有点赚头不是？他终于蹦出一句："交个朋友，拿去！"于是你一边说"上当了，亏了"，一边从内衣口袋深处掏出几张票子，换回一张脏兮兮报纸包着的东西。在放进挎包前你还需打开再看一看——有一次回到家才发现少了一只一并买的小件紫晶猫头鹰,也不知真是漏了还是摊主玩的花样,此时你找谁去?成了,一趟淘到件把像样的见好便收。多买必失呀。定定神再上书摊那边溜溜。哈,还果真觅到本值得一买的书,是《平山郁夫画文集》,开本不大,印制也不算很精,但扉页上有咱们这位日中友好协会会长的亲笔题词。对比了一下题词与书中画上题款,看来确是出自同一人手笔。此书是赠给我国的一位女士的——后来听说是一位走红的电视剧导演,恕我无知失敬。不过她怎么会把这书"处理"掉的呢?不解!买此书没花多少钱,译上千字满够,值啊!

到这时自己也冻得够呛。

肯定有人会说,以你的水平,收来的怕都是假古董吧。那是自然,本来就不指望那石榴尊出自修内司窑。不可能的呀,连博物馆里珍藏的也常被甄别出是"寄托"品呢。听说过这个故事吗?台湾"国防部长"俞大维下台后,生活困难,遂将多年来别人走门子送的南宋官窑珍品——自然是用锦盒装了又用丝绸包了又包的——拿去估价。古董行的答复是:都是仿品。"部长"大人的遭遇尚且如此,更何况你我呢?不过,若说没有一件真品,怕也不尽然。至少原来就是民间或少数民族的用品,造起来费事,也挣不到钱。一只绿釉刻花水罐,一只酱釉龙形提梁皮囊式酒壶,一块刻花红漆略略涂了些金粉的绕线木板,一只红绿彩的小钵……相信都是真的。我太太"陪嫁"里就有差不多样子的线板,如今找不到了。辽代的陶瓷确是不难觅到。前面提到的那只酒壶,说它是酒壶而不是水壶,因为只有十几厘米高,那容量盛水是不够萧太后麾下的一番将解渴的。上面的提梁,龙头都急猴猴地伸进了壶身,它也想喝呢,多么巧妙的构思!那只红绿彩小钵,买来时还剩有半钵膏药——准是治"跌打损伤"的。钵头肚子圆鼓鼓的,红的菊花,绿的菊叶,乡气十足,憨态可掬。也曾"踅摸"到一只磁州窑的小罐,白地黑花,画了一只鹳鸟,蜷起了一只脚,喙部长得有点夸张。总共十来笔,一身羽毛比齐白石笔下的和平鸽精神多了。身边云气缭绕,眼看要振翅冲天。小罐有个"冲"口。真不相信有人为赚几元钱作这个假。也曾用较高价——对我来说——换来一只白地黑花的坛子,下面还有许多板结的海蛎子呢。当是元代沉船的遗物了。别的暂且不说。紫砂器出现年代不算太远,真品还是会买到的。曾收到一只白砂扁腹壶。一侧所刻山水,品位不低。另侧书法颇见功力,镌功亦好,文作:"古瓷瓯甚洁/红炉炭方炽/沫下曲尘香/花浮鱼眼沸",无落款。但壶把根处钤有阳文楷书"真记"椭圆形小章,该是程寿珍翁(1857—1939)所作,至少是监制的。落当代名家名章的赝品虽多,但总还有些漏网的真货。一次星期天下午去到旧货市场,牛气些的摊主都已走人,只剩稀稀落落几个老人与妇女还坚守阵地,指望最后一刻弄到几个现钱应付开销。远远就望见一只"光货",极其普通的样式,但是含有说不出的俊逸气韵。拿起盖子一看,是用排字的铅字戳的名字:张红华,心中狂跳不已。当即用低廉的价格从一个乡下女人手上购到。此壶是有毛病,内里竟盛过水泥,且已板结,撬了半天也弄不干净。但是无妨,不用来泡茶便是。从用铅字镂印此点推断,当是"文革"后期所制。听说"革命化"风气袭来,大家都不用名章了,后来又逐渐做些只有自己认得的记号,再后来又"羞羞答答"刻上名字。但篆字隶书都是"四旧",便从印刷厂要来铅字,细线捆住,便算图章。

当时的张红华还是个稚气未脱的小姑娘。现在士别三日，已是高级工艺师了。这样的壶，用上万元怕也求不到了。也曾弄到一些和尚化缘用的紫砂钵。上书光绪捌年某某书某某刻，为××寺××庆典制作。这些事要考证查实有一定难度，也没那么多精力去做，但看来此物非是假造的，摊主从买者手里并未得到多少钱。一般来说，要就是造上一件就能赚上一大笔，要就是成批生产，盈利积少成多。否则造假便失去意义了。

有时买下一件东西，隔天又见到一式一样的，便知道大概上当。不过也不尽然，话不可说死。好在原来没花多少钱，钱囊羞涩，不比倒手便赚十倍廿倍的古董商人。但既然买了，也就不后悔。比在大商场工艺品部买，总还便宜一些，而且既然自己相中，也总有可取之处，算是件美术品。美的物件是永恒的愉悦。这是英国诗人约翰·济慈说的，原文是："A thing of beauty is a joy forever." 李光耀给太湖东山某处题词（原来该是写在纪念本册上的），把其中的"thing"改成"place"，颇工巧。而当地旅游部门的某位"吴门才子"，稍稍加以歪曲，把泛指改为专指，译成"这是一个美好的地方……"又刻成石碑，变成广告，不免表现出南方人特有的慧黠。不过此是题外话了。

（1999年3月）

真假古董

我年轻时就不是个会玩儿的人。游泳、跳舞什么的，只能算是"粗通"。等外面时兴玩摩托车时，我已经上了岁数，更不敢碰这种危险品了。若问我工作之余作何消遣，除了看闲书、听音乐、看画，逛书店和旧货铺就是我的最高享受了。但我没赶上好时机也缺乏眼力，绝不可能收到宋版书与宣德炉。"文革"期间，有人几百元就购到一架名牌"斯坦威"三角钢琴，我即使有这份心也没有那么些平方米。60年代初，我用四百元从隆福寺买了张二手货花梨木大理石面足足躺得下一个人的写字桌，还在单位里挨点点戳戳说了十来年呢。（如今同样的那些人又夸奖我"有眼力"了，因为在高档"家私行"里，不甩出一万多人民币这样的桌子搬不回家。）"文革"后期曾以五到十五元的价格购到几只金丝楠木、紫檀木的画框，这就算是发了笔小小的"国难财"了。有的事情真假莫辨，眼下还不敢吹牛。如前些时从地摊上买回两件"大明万历年制"的瓷器，一为二十厘米直径的青花盘，上有八仙过海图，用芭蕉叶图案隔成四小幅，每幅二仙。另一为五彩八角葫芦形花瓶。家里人都说是假古董，我说就当它是真的岂不更为有趣。

古玩文物我是十足的外行。要说历年来收进过什么值得一提的东西，那还是几本旧书，大抵是从东安市场买来的。

我买到过一本书——书本身没有什么可说的，但是书里却夹着几样东西。一是一张发黄的照片：一对土头土脑的乡绅夫妇，正襟危坐，做出一副照相的样子。老爷太太之间放了张半人高的茶几，上置一盆花，茶几下面是只高筒痰盂，背后则是绘有花树的布景。与这张照片放在一起的是张画在土纸上的符咒，不知出自哪位茅山道士的手笔。照片早就不知去向了，符咒却还隆重地供在镜框里，摆在工作室的一角充作镇邪之物。镜框另一角是我从买来的另一本英文书里找到的一张名片。上印："张大千（制），北平府右街罗贤胡同十六号，电话西局二千九百一十八号"。我原来只知张大千名"爰"，拿不准这位张大千是否即国画大师。后来偶尔在《北京日报》上读到陈伟华写的一篇文章：《张大千明志守节，拒与日伪合污》，内称："张大千在'七七'事变后从颐和园听鹂馆搬到城内府右街罗贤胡同十六号居住，闭门不出。"这才敢确定无意中得到的真是张大千1936年的名片。名片上，张大千三字右面还用铅笔注有英文拼音，想系不懂中文去求画的西人当时记下的。一时之间，我仿佛听到了大师的那口四川方音。

1957年，我以两元五角人民币买到一本英国作家司各特的小说《圣罗南的泉水》（1823）。这原本没有什么稀奇，司各特的小说书店里多的是。但这一本却是1853年巴黎出的，而且不是法译本，是英文原本。从纸张、字体、装帧等方面看，确是上一世纪产物——19世纪的书我还见过一些。最近我请司各特专家文美惠女士帮我鉴定。她研究了一番后在清晨打电话跟我说很可能是真的。她说：1853是作者逝世后的二十一年，当时司各特在欧洲大陆名声很大，各种文字的译本纷纷出现。法国人喜欢他的书进一步想读原文，巴黎从司各特后裔处取得版权出版完全是可能的。何况扉页上还标明出版者的名称与详细地址："博得莱欧洲文库，巴黎艺术桥左近马拉瓜桥3号1楼"，连印刷厂的地址也交代得清清楚楚："都诺公司，拉辛路 26 号，奥迪安附近"（在巴黎念书的中国学生不妨去"现场"踏勘查访一番）。我的这本"古本"倘能脱手，价值当在舍下全部家用电器之上。哈，这也是我的一个小小的"黄金梦"。

1972 年，北京的旧书业开始有点复苏的势头，西单商场内一家小小的"中国书店"对外开放，士子们趋之若鹜。在那里我又以两元五角的代价购到一本阿瑟·惠黎的译诗集《古今诗赋》，一名《中国诗歌170首》。我本不研究译诗，之所以买它是因为扉页上印有"谷若藏书"之章。这准是从老前辈哈代专家张谷若先生那里流散出来的，说不定里面还有一段故事。不久前，我请同事张玲女士拿去让其尊翁识别。不想几天后张老在书前题了一大段话：

无可奈何花落去

似曾相识燕归来

"文革"中半生藏书，失散过半，流水落花，只有慨叹。今岭南李君文俊，示以此书，绝望之物失而复见，其喜可知。李君专研美国文学，且执译界文坛权衡，东壁图书，满目琳琅，吾所失书得以厕身其间，虽不成双，谓之栖身玳梁，有何不可。小女张玲，以旧人词句提示，颇可道出此番因缘，因谨题赠，以博一笑。

八十九叟张谷若

每一样东西背后必定有一个故事，我早就说过了。"权衡"云云则是对晚辈的奖掖，并非实情。

家有真品

50年代末，单位里的一位女同事移居日本。不少人都觉得这位女士浑身是刺，但她对我们夫妻倒还不错。她以老大姐自居，常在生活与处世为人上给我们一些指点，还帮忙操办过我们的婚事呢。当然，偶尔也要借我们的口表达一些她不便自己出面说的意思，说得难听点便是把我们"当枪使"了。以至有一次领导板起脸关照我们："××的话不能全信。"其实，谁的话能全信呢？以上所述，算是"引子"。

这位女士临走时送给我们两件东西。说是"纪念品"也许言重了，反正她没这样说。一件是一只日本瓷杯的盖子，绘有鲜明的日本图案，蛮好看的。后来不小心打碎，便扔了。另一件是只宜兴紫砂笔筒，不过是淡青夹黄色的。笔筒呈竹节状，还粘有浅绿色的两根竹枝和墨绿色的四五片竹叶，或宽或细，搭配得体，十分雅致。我和妻子很喜欢，但也没有特别看重，就放在办公室桌子上，一直到两人都退休了才拿回家。是塞在行李袋里，跟茶杯、茶叶罐等等混在一起拎走的。离退休者免不了都要过这一场戏。

近来收藏风陡起，大小报刊也都登载有关文字。今年4月18日的《北京晚报》上登了一条消息，标题是《台湾假冒名壶泛滥浙江（应为江苏）女大师怒发冲冠》。里面说制壶大师蒋蓉对台湾壶界提出指控，因为在那里假冒她的制品成风，假货"一件能卖三四十万新台币，有的则卖到七八十万元"。甚至连她的印章与"保证书"都被假冒制出。

　　这条新闻提到印章，引起我的注意，因为我记得我们的笔筒底部是按了个戳子的。于是便找出笔筒倒过来看。不看犹可，一看却吃了一惊，原来正是"蒋蓉"二字。那位女士赠物是在50年代末，她得此物当更早一些。那时蒋蓉名气还不太大，不见得有人假冒。记得老大姐持赠时也提过一句，说这可是某某人的作品呢，当然具体名字我们那时是不会记住的。这位老大姐当时兼管美术插图，与黄永玉、吴作人都有交往，是有艺术眼光的。她当时想必即已和一些艺术界人士一起，注意到了蒋蓉的特殊风格。

　　我们这只笔筒说不定能值一百万新台币，哪天与老妻同游台湾，只要带上此物，住几天圆山大饭店，大概不成问题。过去朋友们总笑我玩假古董，我也只好自嘲，说除张大千的一张名片外，没有哪件是真的。想不到寒舍窳陋居然也有一件真品。其实一百万新台币合多少人民币，我也不清楚。

（1996年7月）

我的八十大寿

岁月荏苒,2010年12月某日,我的八十"大寿"终于来到。由于哥哥弟妹们远在异国或外地,老友们都已体衰有病,不宜惊动,所以便决心低调度过,平平安安便是至福。中午仅仅是坐五元钱的黑摩的,与老妻去到附近的 Pizza Hut,吃了顿不太油腻也还咬得动的午餐,包括咖啡、甜品,连一百元都不到。我想必定是店里的收银机出故障了。单位里照例由办公室副主任等级的领导送来寿字蛋糕以及老干部局发的礼金,数目不便明说免得让社科院领导不好意思。几天后的一个星期六,儿子难得遇上无须加班,又驾车带我们去湖南菜馆"曲园"吃了有名的"剁椒鱼头"。我心想,这次生日过得已经够丰富的了。人老了,自然要渐渐淡出江湖,人得知足才是。

但是没想到还有人一连为我举办了两次规模宏大的庆祝活动——这当然是我一厢情愿的私密想法,对方绝无此意。一次是南京的译林出版社来外文所举办与《世界文学》有关的几部新书的发布会,使我得以见到了多位老友新朋——包括我当面奉承为"生平所见过最最漂亮的女社长",但这确是实话实说,虽然我已记不起她的芳名了。会后少不了在近处的一家南方菜馆聚餐,我又吃到暌违已久的"菜泡饭"和"生煎馒头",觉得味道与儿时记忆相差甚远。不过有这样的感觉,也是人之常情。

第二次规模更大,是在王府井的东方君悦大酒店(这里在大堂坐下来要一杯矿泉水即需五十元)。原来此前《南方人物周刊》有记者采访过我,文章里把我吹嘘了一番。不久后该刊与雪佛兰通用集团合作,评出五十位"2010年中国魅力人物",老朽居然忝列其中,而且还被冠上"先知之魅"的雅号。承主办方看得起,中午前就派车来接,参加了主办方领导(都说读过我译的书)、著名主持人与重要来宾(大概就是资中筠、华天与愚夫妇了)的宴席。这华天是位十七岁的马术师,奥运会上差点得奖,刚坐了八小时的飞机特地从伦敦赶回来。给我留下深刻印象的是那位代表雪佛兰通用集团的华人,一位身材颀长、一身深色套服、蓄短发、穿高筒皮靴的女士。她使我体会到什么才是不显奢华的气质高雅。那位专门请来的男主持人更是席间妙语不断,天下事内幕几乎无所不知,英语亦极流畅。后来听说他也是我的母校出身,还曾得过国际辩论比赛的冠军,复旦大学真是"昔非今比"了。说到母校,正式颁奖时坐在台下前排我右侧的叶檀,现已成为有影响的财经评论家,原来是复旦历史系出身,能算是我的小师妹了。可惜我手头少有资金,不然倒可套近乎偷学点"秘籍",发上笔小财。坐在我左侧的,则是潘晓婷,我在电视上见到她冷静击球的英姿。她像比赛台球时那样目不斜视,一言不发,显然唯恐有人夸她为美女。我很识相而且也是有自尊心的,再说一把年纪,哪里还有心思去做这等事。

我从未出席过被颁奖的仪式,真像是刘姥姥进了大观园。想不到还得提前去到后台,一等灯光大亮,音乐狂作,背景画幕由两青年左右拉开,让我踩在一只转出来的铁皮箱上,然后高抬郧腿,像条虫似的钻出黑洞,费力登上舞台。这点困难对于同期领奖的大汉姜武自然就不在话下了。在接受奖品后,两位礼仪小姐帮我拿住礼物，把一只话筒塞进我手中。主持人宣布"现在由某某先生发言"。下面自会有些人礼貌性地拍了拍掌。

好在我是第三十七个出场的，已多少有了些思想准备。于是便对着话筒说开了：

  诸君，你们鼓掌，应该不是为了我，而是为了像玄奘那样的前辈大翻译家。一千七百年前，法师远赴天竺，异域滞留十七年后，身背佛经，经历种种艰难险阻，一步一步地穿行西域，回到长安。然后在寺庙里组织了一个"翻译班子"，旷日持久，译出了一部又一部的佛经，带给国人一种别样的思维方式，丰富了我们的精神生活，以及语言表达方式，像"如是我闻"、"恒河沙数"等接近白话的语言。古代像他这样的翻译大师，还有鸠摩罗什与真谛。

  我确实是译过一些大作家的作品。他们之中有 Jane Austen，A. A. Milne，T. S. Eliot，William Faulkner，Carson McCullers，J. D. Salinger，Alice Munro，etc，etc。如果你们读了作品觉得精彩，那是因为他们写得好。倘若觉得有点别扭，那必定是因为我译得还不够形神兼备。

  我的第一部译作是大学三年级时出版的，至今已近六十年。以后倘若遇到合适的原作，尽管我已老眼昏花，精神差了，但还是乐于承接，因为能工作便是一种幸福。在《圣经·新约》里，耶稣也说："施比受更为有福。"

说完后，掌声比方才响了一些，我走下台，回到自己座位上。后来上台的还有朱军、扬之水、吴秀波等人。最后一位应该是王治郅，不料上台代表领奖的却是一位瘦瘦小小的女子。反差很大，让人感到意外。梁从诫不久前去世，是由夫人方晶代领的。周有光年已过百，由他的公子（也是位老者了）代领。

会后还有正式晚宴，我怕累着自己，就不参加了。出门时遇见扬之水，我注意到她蓄短发仍如小男孩，这回倒未多少年如一日地穿军绿球鞋，但脚上那双旅游鞋大概不会超过一百元。我虽然未打领带，却也西装革履了一番。比起她来，只能算是俗物了。听说她晨四时许即起工作，令我惊佩不已。回到家中，我与老妻兴奋了半天，真正感到我的生日已经"做"足"做"够，"蛋糕"做得够大。毕竟还有一些人记得我，使我觉得，几十年来所受的苦并未白熬呀（"苦熬"是福克纳颇爱用的一个词，在原文里是"endure"）。

一次后滚翻和一次前滚翻

我很羡慕比我年轻一代甚至两代的人,能在写得似乎很随意的散文里带便就介绍了高新的理论。这在我,是件难以做到的事。不过一代人有一代人的经历,我们也不是没有自己的话可说的,我们的话语方式也不是一无可取之处的。比方说,自己在翻跟斗方面的两次经历便好像还有点意思,请让我试着用自己的表达方式将它们写出来。

先讲那次后滚翻。因为虽然身体方向朝后,事件发生在时序上却是靠前。那大约是在 1970 年刚下干校不久的时候。大伙儿用排子车将从卡车上卸下的东西往自己的那个"点"里拉。我和吕同六(意大利文学专家,如今已去到天国,有机会与但丁当面切磋了)一起拉一车"辎重"(无非是粮食、煤炭、水缸与建筑材料之类的东西)。我们自然是连小毛驴都没有的。于是年轻一些的他便拉起了"套",我呢,便在车后使劲推。在快到目的地的时候,遇到一个坡道,地面不平,沟沟坎坎的,车子上东西堆得老高,捆扎得也不牢,东歪西扭。吕同六拼命拉,我拼命推,就在马上要到达坡道顶端的那一刻,吕同六肩上绷得紧紧的那根旧麻绳忽然断裂。于是整辆车子以及上面的东西便边翻个儿边往我的头部和背上压下来。可是此时,我居然会来了一个空心后滚翻,动作幅度肯定会在三百六十度以上。垮塌的重物摊了一地,而摔出几米外仍然面朝排子车的我却一点都没有压着,完全是毫发未损。吕同六对我身手如此矫捷惊诧不置,在外文所他是打乒乓球的好手,我也曾见到过他参加篮球比赛。他的动作自然是灵活的。但当时需要用灵活的动作来保全性命的是我。我虽然年轻时能在单杠做百十次的引体上升,后来又喜欢上了游泳,但那些项目练的都不是动作的速度与关节的柔韧。中年后变胖,动作就更加不灵活了。说实话,要是在平时,即使我成心要做一次哪怕是"实心"的后滚翻动作,也肯定是没翻到三分之一人便倾侧倒地了。我事后想想,恐怕纯粹是路面上倾、绳断、所有重量突然压向我这等等因素所形成的力学上的作用,才使我不由自主产生出这样超乎寻常的反作用吧。经过多年的思考与总结,我能做得出的"理论判断"仅止于此了。

干校回来,恢复工作若干年之后家搬到紫竹院对面的社科院宿舍。那里再西去不远,便是乡下。节假日,若逢天气晴和,我会与妻子、儿子一人一辆自行车,穿过田野,顺着杨树叶沙沙作响的林荫路,一直骑到香山与八大处一带,尽兴始回。不知是不是附近有一个小机场的关系,路况大致还过得去,连农民的大车都很少有,除了少数几辆卡车之外几乎见不到别的汽车。现在回想,当时那地方真能算是骑车人的天堂了。我们会一边骑,一边哼唱《可爱的蓝精灵》之类的当时流行的曲子。有一次,骑得正起劲,我的前轮忽然僵住不动,依据力学原理,后轮必然会往上拱,将我托到半空,然后我与车子会上下倒错,我必定是头朝路面栽去,自行车又会压在我的身上。但我不记得曾否用手撑地,却像瞬时间变成了舞台上齐天大圣麾下乱翻筋斗的众小猴中的一只。我是继续带车在空心翻转,最后放开车子,在前面的路上四肢按地,来了个"软着陆"。(据我现在当了结构工程师的儿子保守估计,我这次在空中的转动也至少有三百六十度。)骑在我后面的妻子惊骇之下来不及刹车,连人带车撞在了我的身上。她骑的那辆女车还是辆英国造二十八英寸的大 Humber(骑在北京街头,常会引起北京老车迷的追踪与喊叫,表示愿"高价"收买)。儿子又赶紧来看我伤势如何。家人们以为我肯定摔得不轻,但我当时就爬起来,研究起车况特别是它的前轮来。我发现车辐条里嵌进去了一根不知何人扔在路上的粗铁丝。是这东西,卡住了我的前轮。看到车子未受到什么损害——老"飞鸽"就是皮实——我们便接着再往香山方向骑去。这回《可爱的蓝精灵》是不唱的了。我事后查看全身,连皮肤上小小的瘀青都未能找到。我老伴近年来总说关节这儿不舒服那儿不合适。我是除了小时受骗,摔断过左腕外,后来骨头方面再也没有出过事。

　　以上便是我的两次滚翻的全部经过。但是写完后又觉得仅仅是凡人家里的琐碎趣事。倘说可以得出什么结论,顶多是:人在特殊情况下,有时能借力(包括吕同六拉大车和我蹬自行车的那点起了反方向作用的力),做到"四两拨千斤",发挥出连自己都未曾察觉的潜力。除此之外,更具理论性的结论怕也难以得出了。

我这一辈子

承漓江出版社厚爱，愿意出版一部本人的译文集，对此我一方面深表感激，但同时又不免愧疚有加，因为在中国，比我优秀、高明与勤奋的译家大有人在。不过对我自己来说，能有机会将自己六十年来的翻译历程作番整理，找出些经验教训，也是一件好事，因此就恭敬不如从命了。这样的一本书，前面似乎总应该有一篇介绍性的文章，那就且让我顺着记忆小溪的流淌，简单说上几句吧。

本人祖籍广东中山，出生地则是上海。偶然在地摊上买到一本1996年出版的《中山文艺家名典》，里面的条目里收有与我同在外国文学所工作过的老乡郑克鲁先生，却没有我。想必是他后来上别处去高就，成绩斐然，影响巨大，收入他是理所应该的。我做助理编辑（比助教还要低一等）一直做到改革开放，仅仅是译过、写过几本书，乡里没注意到我是理所当然的。近年新发的二代户口本上标明我出生地是上海。我的确是在上海出生长大，念完大学后才北上的。但多年来从未在新闻界工作。也许正因如此，不论是上海的外国文学界与母校的新闻系（现在是"学院"了）都未将我视为嫡系子弟兵，不免使我感到有点像个"没有影子的人"。以上闲话，不过是正文前的信口胡诌，看官看过，一笑便可。

至于我的生辰，家母曾在一封信中明确告诉我，"汝于庚午

(1930)年十月十九日子时(十一时三刻)出生"。后来我将此事写入一本小书,出版后寄了一册给杨绛先生。不料她老人家还真的抽空翻看了,并特地电召我与妻子前去她家,一本正经地向我们指出:既已是子时,那便不能视作十九日了,而应算是下一天亦即二十日出生,也就是说,生日是与钱锺书先生在同一天,只不过是比他晚了二十年。我得知后当然感到很荣耀,但是心知单凭生日同天这一点,是绝无可能在资质或成就方面,沾到前辈大学者的一丝光彩的。

  我的父亲是上海英商洋行的一个职员。抗战时期租界沦陷后,失业在家,一时无事可做,便找了本商务印书馆出版的《青鸟》(比利时梅特林克所作儿童剧)英译注释本,在暑期给我补习英语。也许正是因为这个机遇,使我从此对外语和外国文学感到兴趣,以至于日后走上了文学翻译之路。抗战胜利后,凶神恶煞般的日本兵(上海弄堂小孩均蔑称之为"小萝卜头")不见了,街头出现了吉普车上举着酒瓶呼哨吆喝的美国水兵,电影院里也开始上映好莱坞电影。这应该是我对美国文化的最初接触了。记得我当时最崇拜的不是什么美艳女明星,而是一位叫亨弗利·鲍嘉的硬派男星,他总是嘴角叼了根烟说话从不张口,让我心仪不止。而《乱世佳人》里克拉克·盖博从沙发背后爬起身的那个反讽镜头,也给我留下深刻印象。想不到四十年后自己翻译福克纳的著作时,还能从记忆深处挖掘到一些该片所反映的美国南北战争的情景。当时路边地摊上有的是过期的美国杂志,价钱便宜,我哥哥买了不少。我有空也时常翻看。同班同学中,有一两个英文成绩较好的同学,会从美国旧刊物中选译些短文,投寄给报纸杂志,常被采用。我看了学样,也编译了一些电影资料投寄给某家晚报,居然也登出来了,给我赚到几个够吃花生米的小钱。这些豆腐干般的"报屁股"文章也算是我最早发表的译作了。不久,上海解放,涌现出一批私营出版社,纷纷译介苏联、东欧以及其他国家的进步文学。我与同学蔡慧、陈松雪合译了美国作家霍华德·法斯特的两部历史小说《最后的边疆》与《没有被征服的人》,投出后竟也分别蒙新文艺出版社与平明出版社接受出版。第一本出版于1952年,当时我仍是复旦新闻系的一个学生。另一本则于1953年出版,当时我已进了《译文》编辑部。

说不定与这样的"课余作业"有关,我大学毕业并从中宣部办的一个学习班结业后,同学们纷纷分配到宣传新闻单位,我却进了中国作家协会的《人民文学》编辑部。不久决定要创办《译文》杂志,我又被调到同属作协的该编辑部工作。《译文》创刊号是1953年7月出版的。我则是4月间到的编辑部,现在随着真正筹办刊物的老先生们陆续离世,我竟成为存世的唯一"元老"了。

我在该刊(后改称《世界文学》)做足四十年,直到1993年以主编身份办完"创刊四十周年纪念会"后,才得以退休。最初的二十多年,我们"年轻人"素以处理杂务与下放劳动、参加各种名目的运动为主,个人业余从事翻译是不受鼓励甚至要受批评的。记得直到1959年才由人民文学出版社出版了一本薄薄的由我提出选题自己仅承译半本的《加兰短篇小说选》(与常健——即老翻译家张友松——合译,我还不敢一人独译呢)。此外,承朱海观、庄寿慈、萧乾、邹荻帆、陈敬容等老一辈人的宽松优待,也让我得有机会在刊物上发表了一些译作,特别是一些少有人供稿的小国家的作品(我将其中的几篇收入本文集,不然怕是真的要湮灭了）。稍后，文坛气氛愈益紧张。小编辑得以发表的机会更少了。幸亏当时高层领导决定为了反帝反修需选译一些"毒草"供内部发行，这倒使"年轻人"有了一些做文学翻译的机会。像卡夫卡的《变形记》等作品便是当时我提出选题，自己翻译了五个中短篇，在1966年由上海译文出版社以《审判及其他》为书名出版的。我记得亦曾与施咸荣、黄雨石、刘慧琴等人合作，节译出版了"垮掉的一代"的代表作《在路上》。有一点需得说明。当时自己翻译机会虽然不多，但是做外国文学编辑工作本身对小编辑来说也是一种学习。它使我什么都懂得一点，也知道什么叫高质量的精品，而且还有机会与周作人、傅雷、杨绛、丽尼、王佐良等老前辈接触，他们的来信较早时还是用毛笔书写的，保存至今都是可以上拍的墨宝了。而编辑部老先生们的耳提面命甚至训斥批评，现在想来，也能算是不出学费的特殊个别讲授了。

应该说，我在文学翻译方面所得到的主要成绩，还是在20世纪80年代以后才取得的。随着国家整体形势的改变，不论是外国文学出版的宽松度方面还是读者的需要方面，都起了巨大的变化。现在想想，最初应袁可嘉等人之约为《外国现代派作品选》翻译福克纳的《喧哗与骚动》的一个部分，也可算是改革开放浪潮推及外国文学翻译的一个小小微澜了。在译了这个段落并受到注意后我便像是身不由己，跟着大潮往前漂流了。

在正式翻译福克纳作品之前，我先编译过一本《福克纳评论集》，收集了美、英、法、苏等国知名批评家的论文与有关资料。在前言中我写道："从许多方面看，他（指福克纳）都是一个独树一帜的作家。他的题材、构思的独创性以及他的特殊的艺术风格，使他在瞬息万变的西方文学潮流中，像一块屹立不动的孤独的礁石。"这句话直到现在似乎仍未过时，因为我还时常见到有人在写文章时援引。这本评论集出版于1980年。

评论集出版后，我更加觉得如再不完整译介福克纳的作品，未免"贻人以本末倒置之讥"，于是便将其他几个部分译出，后又根据美国1987年新出的"校勘本"从头至尾校改一遍，交出版社改排出版。

除了将《喧哗与骚动》译成出版，我还曾应漓江出版社之约，编过一本"诺贝尔奖"版的《我弥留之际》，内中除收入福克纳的这部作品外，还有他的《没有被征服的》（王义国译）与《巴黎评论》对他的访问记以及法国学者米·格里赛所编写的《福克纳年表》等重要资料。我在书前写了一篇较长文章《一个自己的天地》，据莫言说，他即是通过拙文悟知，既然福克纳能通过自己家乡那枚"小小的邮票"，生发出一个"自己的天地"，那么他也大可经由老家高密东北乡，创造出"自己的文学共和国"。

接下去我又译出了福克纳的《去吧，摩西》《押沙龙，押沙龙！》与《福克纳随笔》以及《大森林》等作品。遇到的困难与挣扎时的苦况这里就不一一细说了。我只想指出一点：我特别注意收集与介绍福克纳的随笔、书信以及别人回忆与评论他的资料。这个做法我是从老前辈汝龙先生那里学来的。他20世纪50年代初在平明出版社，每出一本契诃夫小说集，都要附上一些有关资料。后来他又学会俄文，穷毕生之力，译出契诃夫的几乎全部作品，似乎还出了一本其他人论契诃夫的文集，这样的精心呈献使我深感钦佩。2000年我得了一场大病，之前刚写完一本《福克纳评传》,记得住病房时还通过电话与浙江文艺出版社的王雯雯女士核对校样,当时的窘状,仿佛犹在目前。身体稍好后,我又贾余勇给新世界出版社编写了一本《福克纳画传》(2003年),增加了"艺术成就""语言艺术""走进中国"等章节,并插入百余幅插图。2008年,我翻译与编译的《福克纳随笔》与《福克纳的神话》在延搁数年后终于出版。后来又给人民文学出版社连写带译了一本《威廉·福克纳》,内收继承美国"南方文学"传统的女作家尤多拉·韦尔蒂纪念福克纳的演说。可以说,这又是学习与继承汝龙老先生传统的结果。

到现在,福克纳还有几部长篇尚未有中译。这项工程太艰巨,实非年已老迈的我所能承担,所以倘然能够有新生力量自告奋勇参加到翻译福作的队伍里来,我当然乐见其成。不过,让我感到高兴的是,目前已有多位高校老师撰写出或正在写有关福克纳及其作品翻译问题的研究专著,深度远远超过我,使我钦佩。除了福克纳,我对美国其他南方文学作家也很有亲近感,曾译过生平与作品都有点怪异的女作家卡森·麦卡勒斯的中短篇小说集《伤心咖啡馆之歌》(2007年由上海三联书店出版),据说还颇受我国中青年作家的青睐。年轻人爱读老友施咸荣译的塞林格的《麦田里的守望者》,出版社约我译了他"次优秀"作品《九故事》。不久前,塞林格去世。他其他作品写得太怪异,太钻牛角尖,都让人难以卒读了。

我病后身体稍稍好转,又不禁手痒,便开始译一些另一个路子的作品,如英国19世纪初闺秀作家简·奥斯丁的代表作《爱玛》、20世纪初英国儿童文学作家A. A. 米尔恩的《小熊维尼阿噗》等童书以及弗·霍·伯纳特夫人所著的《小爵爷》《小公主》

《秘密花园》等等。译这些作品适宜于我休养身心，也让我重温年轻时所曾接触过的英国洋行气派。其实我病后译出的第一部书还是美国前总统里根太太编的《我爱你，罗尼》。我觉得西方政治家能写出这样的书实在难得，内中又谈到阿尔茨海默病，目前已成为进入老年社会的中国的注意中心。我最近比较满意的译作有加拿大著名女作家艾丽丝·门罗的《逃离》（本文集中收入了她另一个中篇《熊从山那边来》）、托·斯·艾略特的诗剧《大教堂凶杀案》（我认为自己注意到了原作内在的音韵），以及复译的海明威的《老人与海》（作品里大海的涛声有如巴赫的赋格曲）与《忆巴黎》（时不时能闻到面包店飘出的香味）。我这样做，有点像是个盼能尽量拓宽自己戏路的老演员。说实在的，我不太甘心让自己，说得难听些，成为一位大作家的"跟包"或是"马仔"。如果我是演员，我但愿自己是一个具有特性与独立品格的演员。如果我是音乐演奏家，我一定努力使自己能具有个人的演绎方式。我特别欣赏加拿大钢琴演奏家格仑·古尔德（Glenn Gould）。他弹奏的巴赫的《哥德堡变奏曲》极富个人特色，简直能令人心驰神往。他宁愿专心安静地在录音室中工作，而不爱在音乐厅里抛头露面，去享受众多观众的大声喝彩。莫里哀是位伟大的戏剧作家，但又是极具演绎能力的有创造性的演员。他最后还坚持带病演出，当天晚上回到家里就咯血而亡。对于这样为艺术献出生命的态度，我始终怀着一种"虽不能至，然心向往之"的崇敬感情。

为了力争自己翻译工作上的多方面性，我在译小说之外也译过好几百首诗歌以及一些美丽的散文。这部集子里也选收了一些。选登了《爱玛》的一章因为这是我与老友蔡慧合作译成的最后的一本书（此处发表的属于我译的前半部）。他已于几年前离世。他为读者贡献了许多优秀译作，自己始终单身，没有享受到家室的温暖。我祈愿在"那边"，他能不再那么落落寡合，生活得更加热闹欢欣。

2012年重阳节后一日

有人喊"encore",我便心满意足

这次承中国译协想到将我列入褒奖名单,实在是受之有愧。因为在中国,水平与我不相上下,勤奋更超出于我者,怕是有不下上百位吧。我之所以沾光,也许与改革开放之初,译出几本外国现代作品,正好适合了时代需要不无关系。

我自小喜爱文学,到高中时,亦想唱自己的歌了。但除上海弄堂生活外,一无所知。既无想象力,更缺乏虚构的本领。因此只得借他人酒杯,浇自己的块垒。从小念的是英语,高中以后摸索着读英美文学原作(那时上海旧书店可真不少),觉得还是现当代美国文学比较对自己口味,便与三两同学,合作译出美共作家霍华德·法斯特的两部作品《最后的边疆》《没有被征服的人》,向出版社投稿。不料都被接受。前一本出版于1952年,后一本出版于1953年。平心而论,尽管这位作家以后因斯大林问题脱党遭到批判,但前期那几本历史小说还是颇有可取之处的。此乃插话,不多说了。

从复旦新闻系毕业,集中到京,在中宣部一训练班学习了大半年,分配到作协筹建中的《译文》编辑部。由于接触外来投稿与拜读所约之名家的译稿(傅雷、周遐寿、丽尼等等),又得到朱海观、萧乾等老编辑的点拨,复因常去拜访钱锺书、冯至、朱光潜等大家,多少熏上了一些书卷气,时间一久,也俨然挤入了学术界的行列。经过"文革",人生又多了些历练。从此时起,

便借编内部书时练就的功底，自己开始翻译起福克纳来。尽管有钱锺书先生"愿你得到上帝的保佑"的告诫，我还是一而再、再而三地译出了福克纳的几部代表作。还因译《押沙龙，押沙龙！》与写一本《福克纳评传》，心劳日拙，终于憋出一场大病，九死之后方得一生。这以后歇了一阵，又译出他的《随笔》与编写出一本包括其《大森林》在内的《威廉·福克纳》。

这以后，我就成了堂吉诃德式的自由骑士。既译托·斯·艾略特的诗剧《大教堂凶杀案》，也译仰慕已久的简·奥斯丁的《爱玛》（仍与那位中学同学合作，我们真的是从"少年游"熬成了"双白头"，可惜他已于前几年因病归天）。我既译加拿大老太太艾丽丝·门罗的短篇集，也为孩子们译出《秘密花园》与《小熊维尼》（尽管已有任溶溶前辈的优秀译本），还译了绝难付梓出版的百来首英美诗歌。我最得意的一件事便是：与编辑部同人合编的一本《外国文学插图精鉴》在积压多年之后，终于得以出版。我还想要向读者提醒一句，我是到六十三岁才退休的。这之前，我每天都需做满八小时的编辑工作。

最近，因海明威作品版权到期，我又应约复译了《老人与海》。我最不能理解的一件事就是：译家何以必得贬低别人以求抬高自己呢？应该说，在我之前此书的译本都很不错，我的译本仅仅是由我自己演绎的一次演出而已。能听到有人喊一声"encore"，我便心满意足。至于中国翻译界应走什么正确道路，那是该向衮衮诸公请示的事。我是个每天译几百字消遣消遣，周末跟家中那位老太太讨上几张钞票到对面地摊上去淘宝捡漏的老头儿，古玩的事还能吹个几句，方向性的大事实在是说不出个子丑寅卯来的。